한미 FTA 한류분야 비준에 통과된
세계 유일한 분단국 민주주의 평화통일교육을 위한 지침자료

남남북녀

김영임 소설집 Ⅰ

신세림출판사

남남북녀

김영임 소설집

머릿말

대한민국이 하나되고 화합을 위해서 아픔과 슬픔이 있는 우리는 남북으로 나누어지고 동서로 갈라져 마음을 더욱 더 슬프게 만든다.

산업화와 함께 민주주의 시작을 알렸던 민주화 통일 문학을 다룬 작품이 몇 권 나온 줄로 안다. 그 중에 시민이 쓴 '화려한 휴가' 학생들 편에 쓴 '망월동에 핀 진달래 철쭉꽃' 등은 많은 독자를 확보하였다.

여기에서 밝혀 두건데 망월동이라고 제목을 부친 것은 지역감정에서 나온 것이 아니다. 우리나라가 세계무대에 대한민국으로 알려진 것은 불과 몇 년이 안 된다.

아주 적은 나라, 데모를 많이 하고 분단이 되어 있는 나라로 알고 있는 세계인들이 많았다. 이러한 것을 작품으로 승화하여 세계인들의 박수를 받고 통일을 할 수 있는 기틀을 마련하기 위해 우리나라는 판권으로 무한한 경제를 필요로 하고 있다. 세계인의들의 눈 속으로 들어가 팔기 위해 어찌할 수 없이 세계인이 알고 있는 '망월동'이라는 지명을 사용한 것이다.

나의 작품이 FTA(자유무역협정) 안에 들어간 것으로 알고 있다. 한미 FTA 비준 국회통과를 앞두고 서로 여야가 싸우지 말고 합의를 보아 무사히 발표하지 않은 몇 개를 발표해 주었으면 하는 바람이다.

1970년 1980년대 산업이 많이 발달했을 때 기업들이 하는 말이 '참아 달라, 수출을 많이 해서 경제성장을 하면 중소기업에 종사하는 사람들까지 먹여 살리겠다.'라고 대기업에서 큰소리치면서 말을 했다.

그런데 기업에 종사하는 사람은 천만 명이상 이른다고 한다. 대기업에 다니는 사람들은 20%밖에 안 되는데 보너스며 성과급을 많이 타간다. 나머지 중소기업의 종사자는 어떻게 살아가라고. 원자재 값은 오르는데 단가를 다운시켜 대부분의 중소기업은 문을 닫고 살아남은 중소기업은 얼마 되지도 않는다. 농민들에게는 배추 값, 무값이 굉장한 것이다. 대기업(금융기관)을 위한 정치를 하는데 서로 나누도록 하자.

서민들은 김치에 밥만 먹고 일만 하는 질이 낮은 삶이 아니라 피곤할 때 편히 쉴 수 있고 여행도 즐겁게 할 수 있는 삶의 질이 높은 최소한 그런 선진국을 원한다. 가진 자는 없는 자에게 베풀수 있는 사랑의 미덕을 실천하도록 하자.

FTA에 관한 책자도 마찬가지다 자원봉사자들이 번역했다고 하는데 오류가 많이 나왔다고 한다. 그에 대한 예산을 세우지 않았다고 하는데 원자재를 수입해 좋은 상품을 만들어 수출해 나온 잉여금을 어디에다 쓰려고 대우를 해 주지 않는단 말인가. 소득이 적은 사람들에 대한 세심한 보살핌이 필요하다.

우리나라는 이러한 빈부의 격차가 많은 부자의 나라에 가난한 서민들 더 나아가 남쪽에는 남자가 북쪽에는 여자가 만나서 결혼하면 남북이 가까워지고 통일할 수 있는 공감대가 생겨 잘 살 수 있고 평화공존 할 수도 있다고 생각한다.

대한민국이 하나가 되기 위해 나의 작품이 많이 읽혔으면 하는 바람이다. 나도 위로 받고 싶고 지적재산권의 대우도 받고 싶은 솔직한 심정이다.

사랑의 하느님, 감사합니다.

정치는 국민들을 속이고 아첨하는 무리들의 특권이 아니다. 진정 거짓이 없고 참으로 투명해야 한다고 다시금 생각해 본다.

2017년 2월

김 영 임

▌차 례 ▌

남남북녀

1. 신입생 파티

햇볕이 반짝반짝 빛을 발휘하여 온 세상이 활기가 넘쳐 흘렀
다. 3월 2일 입학식을 거행하였고 아직은 조금 추운 3월 초가 되
었다. 여기저기에서 터져 나오는 물빛 초록의 새싹이 싱그러운
새봄을 맞이하고 새학년의 환영파티가 있는 토요일이다. 개나리
빛 색상의 상의와 청바지를 입고 산뜻한 기분으로 나는 집을 나
섰다.

"엄마 늦지 않게 다녀오겠어요."

"그래, 대학생답게 행동하고 재미있게 시간 보내고 오렴."

대학 신입생, 모든 세상이 내 것처럼 좋았고 꿈에 부풀어 있었
다.

한강 대학교 옆에 조금 떨어진, 학생들이 잘 다니는 음식점에
서 모이기로 했다.

이번 모임은 빛나리 이름으로 모이는 선배들이 후배 1학년을
위해 베푸는 잔치였다.

음식점 안에는 탁자와 의자가 가지런히 청소가 되어있었다. 건

너서 큰 방에 자리가 마련되어져 학생들이 모였다. 최선우는 군대를 갔다 온 복학생으로 나이가 많아 회장으로 선출되었다.

거의가 1~2학년으로 3학년부터는 취직을 하기 위해 공부하기가 바빠 참석하지 않았다.

복학생 최선우는 아버지가 건설회사 사장으로 졸업하면 아버지 밑에서 일을 배우는 자그마한 중소기업을 경영하는 후계자였다.

시간이 조금 지난 후 모일 사람은 거의 다 모인 관계로 돌아가면서 자기소개가 있었다. 간단한 회장님의 말씀이 있었다.

"안녕하세요. 회장 최선우입니다. 대학 생활을 보람있고 재미있게 보내기 위해 빛나리 회원여러분의 적극적인 협조와 모임에 잘 참석해 주시기 바랍니다. 다음에는 이기철 총무의 인사가 있겠습니다"

티셔츠에 잠바차림을 한 총무가 자리에서 일어났다.

"다른 것은 부탁할 것이 없고요. 회비를 잘 내주시면 운영에 차질이 없겠습니다. 경제사정이 좋지않지만 모임을 잘 유지하기 위해선 최소한의 회비만큼은 빼먹지 말고 내주시기 바라겠습니다. 이상입니다."

그리고 나의 차례가 되어 말하기 시작하였다.

"나는 올해 한강고등학교를 졸업하고 입학한 80학번 김진아라고 합니다. 아버지가 6.25 1.4후퇴때 내려와서 서울에 정착하여 어렵지만 그래도 과일장사를 해서 생계를 유지하고 집도 마련하고 나를 대학까지 보내주시는 부모님께 감사드립니다. 부모님의 기대를 저버리지 않고 대학생활을 알차게 해서 그 보답을 하겠습니다. 『빛나리』 모임에도 빠지지 않고 참석해서 서로 정보도 교환하고 미래를 개척하는데 큰 보탬이 되었으면 합니다."

다음에는 이은숙 소개가 이어졌다.

은숙이는 고등학교 때 친구로 같이 영문과에 합격하여 집도 같은 위치에 있어 대학교도 같이 그리고 아침저녁 항상 붙어 다니는 단짝 친구이다.

돌아가면서 발표를 하고 음식과 맥주 소주가 나와 서로 따라주고 음료수도 술을 못 마시는 사람을 위하여 나왔다.

"이제는 서로 잔을 들고 신입생을 향하여 건배를 하겠습니다. 서로 잔을 높이 들어주세요. 빛나리 모임의 영원한 발전을 위하여 짠짠……."

모임에서 빠질 수 없는 게 노래였다. 재미있게 놀다가 시간이 오래 되어서 나는 은숙이와 같이 음식점을 나왔다.

밤공기가 맑고 싱그러워서 보라매공원을 들러 한 바퀴 도는데 최선우 선배를 우연히 마주치게 되었다. 그런데 옆에는 총무 이기철이도 있었다. 넷이서 걸었다. 분수가 밤 야경 밑에서 춤을 추고 음악도 흘러 나왔다. 벤치에 앉아서 감상하고 있었다. 나의 옆에 앉아서 속삭이듯이 선배 최선우가 말했다.

"자기 소개말을 잘하더구나. 의식이 깨어있는 젊은 사람의 발표에 느낌이 좋았다."

"형, 뭐 그런 것 가지고 그래요." 나는 선배 대신 형이라고 불렀다.

"기철아 밤이 너무 늦었으니 두 아가씨를 데려다 주고 돌아가자."

"그러자구, 선배."

얼마만큼 대화를 하고 일어나 보라매공원 정문을 빠져 나갔다.

나무계단을 오르다가 내려가면 약수터 가는 길이다. 밤이라서 그 쪽으로 곧바로 가지 않고 정문을 통과하고 다세대 주택이 있는 곳에 나의 집이 있었다.

아파트가 아니고 단독주택을 장만하여 그럭저럭 먹고사는 데는 지장이 없는 우리 집 형편이다.

"잘 가요. 여기가 집이예요."

"그래, 잘 자. 내꿈꾸어. 너의 꿈속에 내가 나타났으면 좋겠다."

"형은 재미있는 사람이야." 하고 웃으면서 인사를 하고 집으로 들어갔다.

다시 새날이 밝아왔다. 파릇파릇 새싹이 터지기 시작하더니 어느 사이 이파리가 되어 엷은 녹색이 캔버스 안에 가득하여 젊은 생동감이 넘쳐흘렀다. 가지가지 피는 꽃은 벌과 나비들의 축하 속에 짙은 향기를 풍기며 봄의 한 가운데에 서 있었다.

점심시간에는 방송반에서 사연을 적은 글과 음악을 신청하여 틀어주는데 멜로디가 아름다웠다.

숲이 우거져 다람쥐가 먹이를 찾아 돌아다니고 가끔은 까치 참새 비둘기 떼가 구구구 날아다니는 교정…….

한 폭의 그림같이 펼쳐져 자유로운 분위기 속에 각자 자기 일에 열중하고 있었다.

중간고사 시험기간이라 도서관에는 공부하는 학생들이 북적대며 식당에는 줄을 지어 점심을 기다리면서 잡담을 하고 있었다.

나는 먼저 식판을 들고 나물 두가지와 김치를 담았다. 밥을 푸

고 국은 아줌마가 떠 주셨다. 자리에 앉아서 숟가락으로 밥을 먹
으려고 하는데 선배가 나타나 밥을 들고 다가와 앞자리에 앉았
다.

"대학에 들어와 처음으로 치루는 시험인데 잘 볼 자신 있니?"
이야기 화제는 자연스레 중간고사로 이어졌다.

"시험보고 결과가 나와 봐야 알겠지만 나는 장학금 타는 게 절
박한 심정이야, 부모님 부담도 줄고."

이런저런 말을 하고 있는데 먼저 와서 식사를 끝낸 기철이와
은숙이가 다가왔다.

식사 후 자판기에서 커피를 뽑아 한잔 씩 들고 나무 밑에 있는
벤치에 앉았다.

선우 선배는 시국이야기를 시작하였다.

"작년 10월에 박정희 대통령이 김재규 총에 서거를 했는데 지
금 최규하가 대통령이 되었다. 얼마 못가서 또 군인이 정치를 하
는 시대가 오겠지."

"데모하는데 운동권 및 학생회장이 주도한다고 우리는 참여하
고 따라서 하기만 하면 되지."

"그렇지만 우리는 공부를 해야지. 누가 해주는 것도 아니고."

선우와 기철이는 적극적인데 여학생들은 좀 소극적인 면이 보
였다. 아직 생계 걱정이 없고 젊은 열기가 한데 모여 민주주의를
위해 무엇인가 해야 하지 않을까 하는 머리 맞대고 연구를 하는
것 같았다. 그런데 운동권은 아니었고 참여하여 학생 연대감만
유지할 뿐이었다.

넷이서 교정을 걸었다. 한 바퀴 돌고 나서 잔디에 앉았다. 감미

로운 음악이 흘러나와 감상하고 있는데 나비 한 마리가 날아왔다.

너무나 평화로운 풍경이다. 이윽고 점심시간이 끝나고 학생들은 강의를 듣기위해 책을 들고 흩어졌다.

4월 하순 중간고사는 무사히 치루어졌다. 꽃피는 4월, 벚꽃도 지고 목련도 피었다 지고 이파리가 더 짙은 녹색으로 우리 곁에 다가왔다.

담장너머에 장미가 소리 없이 웃고 피어 있었다. 한강축제가 열렸다. 신명나는 농악소리가 시끄럽고 흥겹게 울려 퍼졌다.

영문과 학생들의 「빛나리」 모임에서는 축제행사에 막걸리, 파전, 떡볶이를 만들어서 팔기로 했다.

나오는 학생들은 교정을 걸어서 도서관으로 향하고, 모여서 다니는 학생들은 가끔 막걸리 한잔하기 위해 나무 밑에 벌려 놓은 책상에 앉았다.

책상 위에 가스불이 마련되어 집에서 가져온 후라이팬에 파전을 지지고 고추장을 풀어 떡볶이를 만들었다. 음식을 만드는 학생, 돈을 받는 학생 등등 분담을 하여 흥겨운 분위기 속에 도란도란 이야기꽃을 피워냈다.

"은숙아 이런 일 집에서 종종하니?" 하고 내가 물었다

"아니, 할 시간이 어디 있니. 가끔 설거지는 도와주지."

선우가 이런저런 이야기를 하다가 나에게 말했다.

"진아는 결혼하면 살림 잘 할 거야. 지금 하는 것 보니 잘 할 것 같아." 하고 칭찬하였다.

"돈세는 재미가 솔솔한데 손님들이 더 많이 왔으면 좋겠다. 파

전은 한 장에 삼천 원, 떡볶이 한 접시에 삼천 원, 막걸리 한 병에 삼천 원. 이럴 때 기금을 마련해야지. 그래야 여름 방학 때 단체로 수련회 겸 휴가를 떠나지." 재미있어 하는 기철이는 여름날의 추억을 새길 계획으로 부풀어 있었다. 아직은 기온이 기분 좋은 날씨로 이어졌다.

며칠 동안 축제행사로 시간을 보낸 학생들은 자기공부를 하는 이, 아르바이트로 햄버거 집에서 시간제로 일하는 사람 등 제각기 하고 싶은 일을 하면서 대학생활의 자유를 만끽하고 있었다.

학교에서 돌아온 나는 엄마와 대화를 한 뒤 아버지가 운영하시는 대림시장에 있는 과일가게로 나갔다.

저녁 늦게까지 열어 놓기 때문에 저녁을 잡수라고 교대하기 위해서다.

대림시장은 재래식으로 뜨내기손님이 많다. 옆에는 강남 성심병원, 대림 성모병원처럼 큰 병원이 자리 잡고 그 주위에는 개인병원이 줄지어 있다. 시흥대로에서 조금 들어가면 대림중학교, 그 뒤에는 시흥초등학교가 있다. 큰 도로를 건너 골목에는 우리 집이다. 아직 개발이 안 된 지역이지만 앞으로 개발이 기대되는 지역구이다.

"아버지 저녁 드세요. 제가 가게 볼 께요. 시장하시죠."

"오늘은 학교에서 일찍 왔구나. 힘든 중노동도 아닌데 견딜 만하다."

"아버지, 들어가세요."

"오냐."

"손님 없으면 문 닫고 들어갈께요."

나는 아버지가 들어가시는 뒷모습을 가만히 지켜보았다. 다섯 식구 생계를 책임지느라고 중년의 무게가 느껴지는 퍽 고단하신 모습이다. 몇 명의 손님이 온 뒤 주위는 한산하였다.

옆에는 채소, 생선가게가 있고 더 들어가서는 고추방아를 찧는 방앗간 그 앞에는 그릇가게가 있었다. 나는 밤이 깊어가기 전에 과일가게 문을 닫았다. 집에 들어가니 이번 주 일요일은 시장이 쉬는 날이니 할머니를 모시고 통일전망대에 나들이 갔다 오자고 식구 모두 옥신각신 말이 많았다.

5월부터 나오기 시작한 하우스 수박 한 통을 가지고와 잘랐다. 단맛을 풍기는 향기가 코 끝을 진동해 한 쪽을 먹으니 당도가 일품으로 좋았다. 입안에서 사르르 녹는 그 맛이란 이루 말할 수 없이 좋았다.

깊은 밤이 찾아와 방에 들어가 이불을 깔고 누었다. 우리 집은 지상1층, 지상2층, 지상3층으로 지어진 오래된 집이다. 3층에 방 (4)개 1층, 2층은 각각 방 2개씩 네(1)집을 전세 주었다.

아침 일찍 일어나 김밥과 먹을 것을 준비하느라고 바쁘신 엄마가 나를 깨웠다. 부스스 잠을 깬 나는 목욕탕에 가서 칫솔에 치약을 짜서 이를 닦고 세수를 하였다.

간단히 식구가 모여 아침을 먹고 필요한 소지품을 들고서 집을 나섰다. 2호선 전철을 타고 합정역에서 내렸다.

통일전망대에 가는 버스에 할머니를 모시고 부모님과 고등학교 1학년인 남동생 그리고 나 이렇게 자리하고 앉았다.

차창 밖으로 시골풍경이 보였다. 가지런이 모가 심어져있고, 짙은 녹음이 우거져 시원하고 맑은 공기가 피부에 와 닿았다.

고양시를 달리고 파주시에 들어서서 오두산으로 올라가는 기슭에 내려 셔틀 버스를 타고 통일전망대에 도착했다. 한강과 임진강이 만나는 그곳, 오두산과 강이 만나는 그곳, 만나서 더 큰 바다로 흘러흘러 떠나가는 그 곳, 통일전망대. 안개 낀 날엔 볼 수 없는 북한 땅이 훤히 들여다보였다.

할머니는 두고 온 자식들 생각에 눈시울이 뜨거워지셨다. 부모님이 할머니를 부축하며 다 같이 북녘 땅을 보고 있을 때 통일전망대 안에서 북한에 관한 영화가 필름으로 돌아가고 있었다. 감상에 젖고 있는데 동생이 영화가 시작된다고 소리쳤다. 꿈에나 그려보는 고향 하늘과 현실에는 갈 수 없는 곳이다.

영화 속에 나오는 북한사회는 우리와 전적으로 다른 체제이다. 자유가 없는 그곳에서 고모 두 분, 삼촌 한 분 그리고 할아버지, 이렇게 이산가족으로 곧바로 따라서 남한으로 내려오겠다고 약속하고 만나지 못한 지, 남북전쟁이 일어난 지 30년이 흘렀다.

이 세월 동안 어떻게 변했는지, 여기서 개성이 손에 잡힐 듯 가까운데 갈 수 없는 그리움 눈물이 강물이 되어 흐른다.

영화를 감상한 후 휴게소에서 집에서 싸온 김밥과 과일 등을 풀어놓고 온 가족이 둘러 의자에 앉아 식사를 했다.

"자식들과 할아버지가 살았는지 죽었는지 소식이라도 들어보았으면 원이 없겠다."

"어머니, 고생은 많이 했어도 생존해 계실거여요. 걱정이 많이 되지만 긍정적으로 생각하자구요."

"어머니, 이거 좀 드셔보세요." 하고 엄마가 음식을 할머니에게 권했다.

동생과 나는 어른들은 목이 메어 드시지도 못하고 계시는데 어떻게 된 영문인지 잘도 먹었다. 이산에 대한 슬픔은 할머니세대 부모세대를 통해서 알 수 있었지만 그분들만큼 피부에 와 닿지 않았다. 유리창을 통해서 북녘땅을 내내 바라보다가 시간이 많이 흘렀다.

오두산을 뒤로하고 왔던 길을 버스를 타고 집으로 돌아왔다. 집으로 향하는 길이 얼마나 무거운지 갈 수 없는 그 곳을 두고 허전한 마음으로 대문을 열었다.

2. 시작

 여름방학 동안 집안일을 거들며 잠시 강릉 동해바다를 수련회에서 갔다 온 후 곧 개학을 했다. 등록금을 기간 내에 내고 2학기 수강신청을 했다.

 가을이 온다고 하는 처서가 지나니 제법 날씨가 시원했다. 매미우는 소리가 귀를 따갑게 했다. 가을이라 가을바람 솔솔 불어온다. 학교생활도 가곡을 흥얼거리며 열심히 했다.

 멀리서 날아오는 과수원의 과일 익어가는 단맛의 향기가 도심속에 파고들어 마음을 즐겁게 했다.

 이파리의 짙은 녹색이 가을 색깔이 되기 위하여 준비를 하고 있었다. 들녘 끝자락에 피어있을 가을꽃, 숨어서 보이지 않는 그 자태 보일 듯 말 듯 향기만 가득하다.

 자판기 커피를 뽑아들고 한쪽에는 가방을 들고 도서관에 자리 잡기 위해 들어갔다. 그런데 선우선배가 먼저 자리를 잡아놓고 기다리고 있었다.

 "진아야, 여기다 여기."

"형, 먼저 와 있었어. 커피가 한잔인데 이거 마실거야."

먹다만 커피를 선우선배에게 권했다. 커피를 받아 마시던 선우
선배가 말을 했다.

"너와 내가 만나서 첫 번째 맞는 가을인데 기념 같은 것으로 무
언가 남겨야 되지 않겠니."

"형은 꼭 그런 소리만 해. 나를 좋아하는 거 맞아?"

"꼭 말을 해야 알겠니. 너는 나에게 특별해."

"그러면 나 따라 성당에 나가 보지 않겠어? 기회가 있으면 전도
하고 싶어."

이런저런 얘기를 하다 공부를 하기 시작했다.

시간이 많이 흘러 책과 가방을 들고 도서관을 나왔다. 캔버스
를 걸어서 교문을 나와 집에까지 데려다 주었다.

좋은 사람과 시간을 보내고 난 뒤 기분이 들떠 있었다. 밤하늘
에 볼 수 없었던 별이 무더기로 쏟아졌다. 옥상에 앉아 달빛 젖은
시어도 읊어보았다.

나는 '누군가를 좋아하게 되었나 보다. 이런 감정은 처음으로
느껴보는 야릇한 기분이다.' 하면서 최선우 선배를 생각하며 그
리워하기 시작했다.

추석이 가까이 오고 있었다. 우리나라의 고유의 대명절, 미국
에서 말하자면 추수감사절과 같은 것이다. 한 해의 결실을 맺게
해주어서 감사합니다.

차례 상을 차리기 위해서 시장에서 햇과일과 햇곡식 등 집집마
다 명절시장보기에 바쁘다.

우리 집은 북한에서 내려왔기 때문에 아버지의 형제들이 없다.

그래서인지 언제나 맞는 명절이지만 집안엔 친척들로 북적대는 사람이나 소리가 나지 않는 조용한 분위기이다.

나는 엄마와 같이 추석상을 차리기 위해 시장을 보았다. 주방에서 전을 붙이고 엄마는 나물을 무치고 여러 가지 맛있는 음식을 만들었다.

저녁에 둥근 보름달이 떠올랐다. 한해 중에 가장 여유있는 마음으로 바라볼 수 있는 낭만속 시어를 읊을 시간에 하느님께 감사를 드렸다.

밤을 보내고 이른 아침에 일어나 추석상을 엄마와 아버지가 차리고 나와 동생, 할머니는 구경을 했다.

어제 한 음식을 가져다가 안방에 상을 펴 놓고 음식을 접시에 담아 차례대로 책을 보고 그대로 차렸다. 그리고 절을 하였다.

"조상님, 올 한해도 풍성하게 해 주어서 감사합니다." 아버지가 말씀 하셨다.

"올해도 건강하게 가족이 무사히 보내게 해주어서 감사합니다." 엄마가 이어서 말했다.

할머니는 나중에 "조상님, 우리 영감과 아들딸들을 꼭 만나게 해주세요." 하고 말씀하셨다.

아버지와 남동생이 절을 하고 여자들이 나중에 한 후 도리상에 모여 앉아 추석음식으로 아침을 먹었다.

더하지도 말고 덜하지도 말고 추석만 같이 우리의 삶이 질이 높아졌으면 하고 나는 하느님께 기도를 드렸다.

오후에는 최선우 선배와 데이트 약속이 있어서 나갈 준비를 하였다. 한강을 건너 용산전자상가에 있는 극장에서 영화를 보기로 했다. 나는 버스를 타고 용산 정류장에서 내렸다. 에스컬레이터를 타고 4층으로 올라갔다. 선우 선배는 미리 와 영화티켓을 끊어가지고 나를 기다리고 있었다.

"오늘 차례 지내려고 작은아버지와 친척들이 많이 왔는데 간신히 빠져나왔다. 너와 좋은 시간 보내고 싶어서."

선배와 나는 팝콘과 음료수를 들고 극장 안으로 들어가기 위해 줄을 섰다.

영화는 「바람과 함께 사라지다」이다. 극장 안이 너무 어두워 선배와 손을 잡고 들어갔다. 분위기가 자연적으로 가까워지는 계기가 되었다. 우리는 팝콘과 음료수를 먹고, 머리와 어깨를 기대고 재미있게 소곤거리며 영화관에서 즐거운 오후시간을 가졌다.

명절이라 음식점들이 대부분 가게 문을 열지 않아 극장 옆에 있는 햄버거가게에서 커피와 햄버거로 저녁을 먹었다.

원두커피의 향기와 오고가는 대화, 이러한 시간을 자주 보내자는 말, 달콤한 시간이 흘러갔다.

선우 선배는 같이 손을 잡고 집에 가까이 와서 말했다.

"항상 내 곁에 가까이 있어주었으면 너무 좋겠다."

"형, 나는 언제나 형의 곁에 있어."

"자 그만 들어가 학교에서 보자."

"그래 잘가." 하고 내가 들어가는 것을 보고 선우선배는 집으로 향했다.

가을비가 내리기 시작했다. 늦더위가 기승을 부렸는데 비가 그친 후 온도가 서늘하여 활동하기에 기분 좋은 기후변화이다. 채색된 녹색이 짙은 색깔로 잠시 휴식을 취한 듯하더니 시원한 바람이 우리 곁에 왔다.

다음 날 온도는 더 떨어져 날씨가 서늘해졌다.

단풍이 태양 볕을 받은 순서대로 아름답게 물이 들기 시작했다. 울긋불긋 고운 색깔로 갈아입은 보라매공원을 둘이서 걸었다. 슬며시 선배가 내 손을 잡았다. 나는 그 손을 놓지 않았다. 따뜻한 체온의 손길이 너무 좋았다.

아름답게 변한 세상은 우리들만을 위해 존재하는 것 같았다. 계단을 따라 올라갔다. 산위에는 운동하기 위해 마련된 여러 가지 운동기기가 있었다. 그 길을 따라 내려갔다. 산 기슭에 약수터가 있었다. 벤치에 앉아서 호흡을 크게 쉬었다. 나는 약수물을 받아서 선우선배에게 먼저 권했다.

"형, 약수물 한잔 해, 물맛이 꿀맛이야."

"여기에 이런 것도 있었니. 살기 좋은 곳이구나. 우리 집은 한강쪽이라 여기에 와 보지는 못했다."

물을 마신 뒤 둘이서 앉아 한참 이야기 꽃을 피웠다.

울창하게 우거진 숲속에 약수물을 받으러 오는 사람이 간간히 있었다. 이쪽에도 녹색 이파리가 변하기 위해 천천히 예쁜 수를 놓는 듯 했다.

보라매 산 뒤에 지름길을 걸어 집으로 향했다. 선우선배는 나를 집에까지 데려다주고 손은 흔들며 보이지 않는 곳까지 뒤를 돌아보며 다시 손을 흔들며 웃고는 사라졌다. 어두운 밤이 까맣게 몰려오고 있었다. 집안으로 들어가니 남동생 성진이가 나를 반겼다.

"누나, 이제와. 엄마가 가게에 나가고 없어. 저녁밥은 먹었어?

배가 고픈데 나 밥 차려줘."

"응, 대충 먹었어. 누나가 얼른 밥 차려줄게." 하고 엄마가 해 놓은 반찬을 냉장고에서 꺼내 식탁에 상을 차리고 밥을 퍼주었다.

깊은 밤이 지나고 새날이 밝아왔다. 단풍이 드는 것이 잠깐이더니 밝은 단풍이 낙엽색깔이 되어 쓸쓸하게 떨어지는 계절이 우리 곁에 다가왔다. 우수수 낙엽 떨어지는 소리에 낙엽을 밟으며 성당에 가라고 조른다.

어느 날이었다. 선우선배와 나는 손을 잡고 토요일에 청년모임(학생, 학교 졸업한 사람, 직장에 다니는 사람들로 젊은 사람들의 모임)에 참석하기로 했다.

"신부님 수녀님은 독신인데 혼자 사는 게 불쌍하지 않니?"

"뭐가 불쌍해. 평생 봉사하고 살려면, 적어도 종교인이라면 가족이 따르지 않고 해야 되지 않겠어."

"그래도 한 번 뿐인 인생인데 결혼도 하고 살면서 아이도 낳고 사람들 다 그렇게 사는데 왜 그렇게 살지?"

"신부님은 본당 교우들을 자식으로 생각하고 기도하며 살지. 삶의 가치관이 다 다르니까 살아서 좋은 일 많이 하면 죽어서도 천당에 가고 복 받으며 부활하는 거야."

"부활! 부활절 텔레비전에 행사하는 것 보았는데 잘 모르는 단어야."

"형, 성당에 다니면서 교리도 배우고 세례도 받고 배우면 알게 돼. 형이 따라와 주어서 고마워."

청년모임 분들과는 찬송을 부르고 성경말씀 배우면서 서로 친목을 도모하고 헤어졌다.

선우선배와 진아는 오래도록 늦게 성당 앞 쉼터에 앉아 대화를 하고 나무가 많아 낙엽이 떨어진 운동장을 밟고 밤새 같이 돌아다녔다. 바스락 바스락 낙엽 밟는 소리가 났다.

이렇게 우리의 사랑은 깊어만 갔다. 성모상 앞에 마련되어 있는 벤치에 앉아 같이 손을 잡고 키스도 멋있게 해 보았다. 달콤한 시간이 흘러 밤이 깊어만 갔다.

서울 도심 속에서 좀처럼 보지 못한 별이 반짝반짝 빛이 유난히 밝게 비추었다. 저 별은 뉘별이요, 이 별은 누구별인가 하면서 별구경을 멋있게 감상하며, 밝게 비추이는 전등불 아래에서 손을 꼭 잡고 미래를 설계하고 계획도 세웠다.

다음날 아침 10시 30분에 시작하는 미사를 보았다. 좋은 말씀을 듣고 미사가 끝나니 점심시간이 가까웠다. 슈퍼에서 컵라면을 사왔다. 뜨거운 물을 붓고 잠시 기다렸다가 선우선배와 같이 아침겸 점심을 먹었다. 후식으로 자판기커피를 뽑아 마셨다.

청년들과 인사를 하고 둘이 거리를 쏘다녔다. 늦가을의 멋과 낭만 젊음의 자유를 즐기며 추억을 차곡차곡 새기며 재미있게 보냈다.

거리에는 바람이 불어오고 떨어진 낙엽은 아스팔트 위에 사람들이 오고가는 길가에 이러저리 뒹굴고 날아다닌다.

미화원 아저씨가 떨어진 낙엽을 쓸어 모으지만 이리 날리고 저리 날리고 청소를 대충하는 모습이 보인다. 가로수 은행나무에 물이 노랗게 들어 잘 익은 은행이 간혹 떨어지고 곰밤나무 이파리도 갈색 옷을 입고 또 이렇게 가을이 떠날 채비를 한다.

나는 선우선배와 같이 서점에 들어갔다. 가을에 맞는 시집 한

권을 사기위해 진열대 위에 놓인 책을 보기 시작했다. 제목을 보고 고르다가 릴케의 「침묵의 조각들」이란 책이 눈에 들어왔다. 책을 들고 계산대에 돈을 지불하려 하자 선우선배가 먼저 계산을 했다.

"내가 낼게. 내가 너에게 책 선물하는 것도 기분 좋은 일이잖아."

"고마워. 책살 돈은 나에게도 있어. 그렇지만형이 사준거니까 받을께."

한쪽에는 긴가방과 책을 들고 한쪽 손은 선우선배 손을 잡고 음악이 흐르고 분위기가 좋은 커피숍에 들어갔다. 사람들이 많지 않지만 테이블은 거의 차 있었다. 한쪽에 빈 의자가 있어 걸어가 자리에 앉았다. 다방 종업원이 다가와 주문을 해온다.

"무슨 커피 마실래?" 주문 책자를 건네주면서 선배가 물어본다.

"헤이즐넷 커피."

"헤이즐넷으로 두 잔이요."

선배와 나는 서로 마주보며 음악 감상을 하기 시작했다.

조금 지나자 커피가 나왔다. 너무나 향기가 그윽했다. 커피맛과 아울러 멋있는 데이트, 꿈 같은 데이트 시간이 흘러갔다. 이렇게 우리는 매일 같이 붙어 다녔다.

크리스마스 이브에 선보일 찬송가를 매일 연습하러 성당에 다녔다.

시몬 낙엽 밟는 소리가 들리는가? 하는 시를 읊으면서 성가연습이 끝나면 낙엽을 밟으며 돌아다녔다. 신부님이 성당에서 일하시는 분에게 당분간 낙엽을 쓸지 말라고 당부하셨다.

바스락 바스락 낙엽이 부서지는 소리가 너무 듣기 좋았다. 낙엽이 다 떨어진 나뭇가지에 단감이 까치밥으로 남아있었다.

어느 날 겨울바람이 불어오더니 첫눈이 내리기 시작하였다. 땅 위에 쌓이지는 않고 만추(늦가을)가 쓸고 간 자리에 눈꽃송이가 조금씩 내렸다. 송이송이 내린 꽃을 사뿐히 즈려밟고 우리는 어김없이 데이트를 즐겼다. 또 거리를 설레이는 마음으로 걸었다. 고급레스토랑에서 달콤한 와인에 안심스테이크를 썰었다. 우리는 처음 양식으로 미각을 즐겼다. 이렇게 젊음의 자유를 많이 누리기 위해 시간을 같이 공유하고 단일코스 여행을 다녔다.

우리의 만남은 우연이 아니라 필연 같은 것이었다.

"우리는 떨어져 살 수 없어. 너는 내가 하자는 대로 따라해야 해. 그래야 행복할 수 있어."

"형, 우리 사귀는거 집에서 알고있어?"

"아니, 때가 되면 말 하려고 해. 부딪치고 보는 거야."

탄탄한 재력가인 선우선배 집에서 우리 같은 내력의 집과 사돈 맺으려 하지 않을 거라는 거 나는 너무 잘 알고 있었다. 그렇지만 우린 너무 사랑했다.

첫눈이 내린 뒤 아직 남아있던 잎새는 떨어져 늦가을은 완전히 가버렸다. 을씨년스런 겨울은 늦가을을 뒤로하고 찾아왔다.

심각한 우리 분위기와 달리 신나는 캐롤송은 시내의 상점 곳곳에서 흘러나오고 온 세상에 울려퍼졌다.

작은 전구가 많이 달린 트리에 반짝반짝 빛을 발휘하며 아름다운 마음으로 승화시켜 예수님이 이 세상에 오신 날을 축하하는 성탄절 행사를 위해 준비해왔다.

"구세주 오셨네. 만 백성을 구하기 위해서 하늘에는 영광, 땅에는 축복 기쁘옵니다. 아기 예수님." 하는 말씀과 찬송가 소리가 울려 퍼지고 자정 미사가 거행되었다. 거룩한 말씀이 온 누리에 희망의 빛이 되어 우리곁에 다가왔다.

선우선배와 나는 손을 잡고 미사를 본 후 평화의 인사를 나누었다. 친구들과 교우들에게도 서로 인사와 그동안 배웠던 성가를 마음껏 목청을 높여 불렀다.

은혜로운 밤이 은빛 천사들의 속삭임으로 귓가에 들려 마굿간에 태어난 아기 예수님을 수호하고 동방박사가 찾아와 예물을 드리는 장면을 여러 가지 재료를 사용하여 만들어 놓은 성전에 잠시 묵상을 하였다.

기철이와 은숙이도 크리스마스 이브를 같이 보냈다. 행사가 끝나고 마당에 탁자를 놓고 여자성도들이 떡국을 끓여 뜨거운 마음으로 식혀가며 먹었다. 주로 학생들이 모여서 밤새 찬송가를 부르며 예수님의 탄생을 축하했다.

넷이서 밤을 지새우고 성전 지하에서 눈을 붙이고 아침에 일어나 12월 25일 미사를 드리는데 참석했다. 젊음의 자유를 만끽하는데 빠지지 않고 책임과 의무를 다하는 멋있는 대학생이고자 노력에 노력을 다했다. 대학 1학년 겨울방학은 이렇게 지나갔다.

3. 행복

어느덧 대학 1학년과 2학년 생활이 지나가고 3학년이 되어 수강신청을 했다.

작년 내내 같이 다니고 귀가 시간이 늦어지니 자연적으로 선우씨 부모님이 나와 사귀게 된 것을 알게 되었다. 중소기업 건설회사 사장님인 선우씨 아버지(최우석)는 어머니께 자식교육을 어떻게 시키느냐며 말씀을 하시고 둘 사이를 헤어지게 하라고 신신당부의 말을 했다. 그러나 우리는 떨어질래야 떨어져 살 수 없을 정도로 가까운 사이가 되어 있었다. 선우씨의 부모님의 반대가 심해도 우리는 여전히 같이 붙어 다녔다.

앙상한 가지에 물이 오르고 새싹이 돋아나기 시작하였다. 대지에는 아지랑이가 아른아른 피어오르고 종달새가 지지배배 어서오라고 아니 어서 가자며 노래를 부른다. 우리 사랑은 인정받지는 못했지만 행복했다.

부모님은 축복해 주지 못했지만 하늘은 우리의 만남을 축하하는 듯 메시지가 되어 따사로운 햇살로 퍼져 나갔다. 너무 행복한 학교생활, 자꾸 시간이 흘러갔다.

"진아야, 졸업이 1년 남았다. 우리는 졸업 안에 결혼해야 돼, 그렇지 않으면 백년해로 못해. 무슨 말인 줄 알지. 우리 사랑은 우리가 개척해야 되는 거야. 내 말을 잘 들어."

"알았어, 형. 나는 형이라면 어디든지 따라갈거야. 형이 아니면 사는 것이 무의미해. 형과 오래오래 살거야. 나는 형만 믿어. 형도 나를 믿어줘."

우리는 사랑이 진실이라면 어렵지만 어려운 줄 모르고 헤쳐 나갈 거라고 약속하였다.

봄 바람이 살랑살랑 불어와 꽃피는 마음속에 물결처럼 파문이 일어 설레이는 가슴을 어찌 할 줄 몰랐다. 캔버스에는 봄꽃들이 가지가지 색상으로 여기 저기 피었다. 이슬 머금은 이파리에 대롱대롱 오색 무지개 빛 수를 놓으며 찬란한 봄을 위하여 기도하였다.

기말시험이 끝나고 여름방학이 되면 먼저 우리집에서 결혼허락을 받자고 정식으로 인사 온다고 말했다.

꽃들이 화려하게 피었다가 봄비가 내린 뒤 꽃잎이 떨어지고 녹색이파리가 짙게 돋아났다.

숲이 우거져 자장가를 불러주는 듯 오수의 잠이 쏟아진다. 계절은 봄에서 여름으로 바뀌었다.

나는 사귀는 남자가 있다고 예전에 엄마께 말한 적이 있었다.

7월 초순 토요일에 선우씨가 부모님께 인사하러 온다고 했다. 엄마는 사위감 대접하기 위하여 시장에서 여러 가지 음식만들 재료를 샀다. 그 전날 집안 대청소를 하며 부자집 사위 맞는다고 들떠 입을 만한 옷가지도 없으면서 이 옷을 입을까? 저 옷을 입을까? 하며 잘 보이기 위해 거울 앞에서 옷을 입어 보셨다. 주방에서는 맛있는 음식냄새가 온 집안 가득히 향기가 퍼져 일품으로 좋았다.

점심시간에 맞추어 선배는 깔끔한 양복차림에 한손에는 과일 바구니를 들고 대문 앞에서 초인종을 눌렀다. 현관문을 열고 마당에 나와 동생 성진이, 엄마가 같이 나갔다. 이윽고 집안에 선우 선배가 들어와 식구가 가득히 사람 사는 것처럼 느껴졌다.

한 여름이지만 아직 삼복더위가 아니라 선풍기를 여기저기 틀어대고 견딜만한 날씨였다.

안방에 앉아서 할머니께서 손녀 사위감에게 인사를 받으셨다.

"자네가 우리 진아 짝이구먼. 우리 손녀딸 애껴주고 사랑해주소. 친척이 없고 단출해서 귀하게 키웠네. 자네밖에 믿을 사람 없네 그려."

"예, 할머님. 걱정하지 마세요. 제 힘 닿는 데까지 최선을 다 하겠습니다. 제가 아끼고 사랑하겠습니다."

큰 절을 하고나서 아버지 어머니께도 이어서 인사를 했다.

"자네만 믿네. 무엇이라고 할 말이 없네."

"자네 말 진아에게 잘 들었네. 진아하고 결혼한다고 하니 말을 놓겠네. 우리 가정이 이산가족이라고 하여 서울에 정착을 하였네마는 사는 것이 보는 대로 이렇게 사네. 그러면 어떠한가, 둘만 금실이 좋아 잘살면 되지 않겠는가?"

"예."

나와 엄마는 주방에서 여러 가지 음식으로 상을 차렸다. 엄마와 성진이가 상을 들고 들어왔다.

"차린 것 별거 아니지만 많이 들게." 엄마가 권했다.

"매형이라고 부를께요. 친하게 지내자구요."

"남동생이 없어 성진이가 내 동생처럼 자주 만나고 술도 마시구 그러자구."

성진이는 대학 1학년이 되어 자유시간이 많아 매형과 친할 기회가 많았다.

밥을 먹고 과일과 녹차, 커피로 후식을 먹고 앉아서 놀다가 오후 네 시가 넘어 선우는 일어났다. 자주 오겠다고 하면서 인사를 하고 집을 나섰다. 대문 앞에서 우리는 헤어지기 아쉬워 한참동안 이야기꽃을 피웠다.

"진아야, 그만 들어가. 너 들어가는 거 보고 갈께."

"형이 먼저가 집이 여기니까. 형이 가는 것 보고 들어갈게."

선우는 손을 흔들고 자기 집으로 향했다.

선우 어머니와 아버지는 점심 약속으로 외출을 하고 집에 없었다. 선우씨네 집은 한강이 흐르는 정원이 잘 가꾸어진 평수가 넓은 이층으로 지은 호화 주택이었다.

집으로 돌아오자 여동생 연미가 문을 열어 주었다. 조금있으니 선우씨 부모님이 집에 돌아오셨다.

"어머니, 오늘 진아 집에 인사하고 왔어요. 결혼을 허락해 주세요. 모두 좋은 사람들이에요."

"아니, 여태 한 말을 무엇으로 알아들었어. 그 아이를 한번은 보아야겠다. 아버지가 아시기 전에 얼른 네 방에 가 있어. 아줌마, 물 한 컵 주세요." 하고 도우미 아주머니를 불렀다. 땅에서 올라오는 복사열 때문에 무더운 날씨가 계속 이어졌지만 집안 내부에 설치한 에어컨 때문에 더운 줄 모르는 문화적 혜택을 누리는 상위층 집이었다.

어느덧 삼복더위가 물러가고 가을의 기미가 엿보이는 입추가 지나갔다.

햇볕은 뜨겁지만 짙은 녹색의 그림자는 시원해지기 시작하였다. 바람결에 불어오는 전원속의 과일 익어가는 향기가 느껴져 입안에 사르르 녹는 단맛 때문인지 풍성해진 마음속에 행복이 묻어나는 늦여름이었다.

어느 날 커피숍에서 선우씨 어머니가 나를 한번 만나자는 연락이 왔다. 나는 떨렸지만 침착하게 만나자고 한 장소로 10분 전에 갔다. 그런데 어머니는 벌써 나와 계셨다.

"안녕하세요. 어머니."

"누가 댁의 어머니예요. 어머니 소리 듣자고 나온 게 아니에요. 일단 앉아요."

"여기 주문 받으세요. 무엇을 마실래요."

머뭇머뭇거리고 말을 못하고 있자 선우씨 어머니가 주문했다.

"여기 시원한 쥬스 두 잔 주세요."

좀 있으니 오렌지 쥬스가 나왔다.

"내가 한 번은 보고 당부할 말이 있어서 만나자고 했어요. 무슨 말인 줄 알겠지요. 선우 짝으로는 맞지 않아요. 서로 같은 수준의 사람이 만나야 살아가는데 편할 것 아니에요. 다시는 만나지 말아요. 그 쪽에서 만나지 않는 것으로 해야 일의 수습이 빨리 될 것 같아 만나자고 했어요. 알았어요?"

나는 손수건으로 땀을 닦으면서 애써 나오는 눈물을 참으며 그 자리를 빠져 나왔다.

매미우는 소리가 오늘따라 처량하고 슬프게 들렸다.

한 없이 거리를 걷고 또 걸었다. 시원한 바람 한 줄기가 인사를 했다. 햇살은 뜨겁게 대지의 알곡이 익어 갈 수 있도록 환경을 만들었다.

선우씨 어머니를 만난 뒤 선우씨에게 전화가 왔지만 이 핑계 저 핑계 대며 받지 않고, 만나지도 않았다.

때는 여름에서 가을로 변해가는 순간이 되었다. 나는 마음의 갈피를 잡지 못하고 공부도 머리에 들어오지 않았다. 잠도 제대로 못자고 밤에는 엎치락뒤치락 거렸다. 잠을 자다가도 쉽게 깼다. 잡념이 머리에서 떠나지 않고 내 자신을 괴롭혔다.

여름이 갈 무렵인 8월말, 선우씨는 나의 집 앞에서 나를 기다렸다. 나를 보자마자 손을 잡고 어디론가 기분전환하자며 택시를 잡았다.

택시는 시외버스 터미널로 향했다. 나는 선우씨의 힘에 이끌려 선우씨가 하자는대로 내버려 뒀다.

북한강과 남한강이 만나는 양평 양수리 경치 좋은 곳을 카페 안에서 바라보았다.

세상은 너무 아름다웠다. 사랑하는 사람과 호흡하고 같이 있다는 것이 꿈만 같았다.

음악을 들으며 분위기에 취해있었다. 시간이 흘렀다. 산 너머에 저녁노을이 타고 있었다. 너무 아름다운 여름날에 감상하고 있는 노을 그 쪽 하늘가에 붉게 물이 들었다.

어느덧 어두움이 짙게 밤이 찾아왔다. 그대로 음악이 흘러 손잡고 있었다. 창가에 별이 보이기 시작했다. 배고픈 줄도 모르고 별과 함께 달과 함께 사랑하는 사람과 함께하는 시간이 그렇게 중요할 수 없었다.

막차가 떠나고 없었다. 카페에서 시간이 다하여 하는 수 없이 민박집을 찾아보았다.

머리가 하얀 노부부가 사는 집에 방을 구했다.

장작으로 군불을 때어 따뜻해진 방에 소반찬으로 고슬고슬 지어진 밥으로 허기를 채우고 밥상을 물린 뒤 두발을 나란히 이불 속에 넣고 둘이는 다정한 이야기를 나누었다.

간밤에 무슨 일이 있었는 줄 모르고 둘이는 곤히 잠이 들었다. 산 밑에 사는 사람들은 아직 여름인데도 밤이면 찬기가 돌았다. 해가 높이 떠서 오전 시간이 어느정도 지나서야 눈을 떴다. 둘이는 그렇게 추억을 새기고 서울로 향한 버스를 탔다.그런 뒤 학교 생활에 열중하였다. 서로 만나는 횟수가 줄었다.

그런데 진아의 달거리가 나오지 않았다. 지난 달에도 걸렀는데 이번 달에도 나오자 않아 진아는 불안했다.

중간고사 시험이 끝나고 산부인과에 가 보기로 했다. 애써 마음을 잡고 산부인과에 노크를 했다. 접수를 하고 나의 차례가 되어 진찰을 받았다.

"김진아씨 임신 12주째입니다. 남편분과 같이 오셨습니까?"

"아니요. 아직 학생입니다."

의사 선생님은 더 이상 묻지 않았다. 내가 임신을 했다는 것만 확인을 한 것이다. 어떻게 할까 고민하다가 선우선배에게 달려갔다.

"선배, 저 임신 3개월이래요. 어떻하면 좋아요."

"진아야, 잘했어. 우리는 헤어질 수 없는 인연인거야. 어머니에게 말하고 결혼을 승낙받겠어." 그렇게 말하고 각자 일찍 집에 들어갔다.

선우는 저녁 식사를 마치고 후식을 먹으며 거실에서 부모님께 말씀드렸다.

"어머니, 진아가 임신했어요."

"뭐~ 야, 이놈아. 진아가 아이를 가졌어?" 어머니가 화를 냈다.

"몇 개월 됐니?" 아버지가 애써 참으며 말했다.

"12주 되었어요. 배부르기 전에 결혼하겠어요."

"하는 수 없지. 자식 마음대로 할 수 없다더니만, 며칠 있다 연락해서 양가 상견례 인사를 하자."

부모님은 실망했지만 임신했다는 말에 더 이상 말리지 않았다. 늦가을이 갈 무렵 11월에서야 양가 부모님과 함께 한식집에서 점심을 하기로 결정했다.

두 집 가족이 모두 모였다. 그 자리에서 약혼식은 생략하고 결혼식만 간단히 하자고 약속했다.

"복잡한 절차는 삼가고 사성을 보낼테니 결혼날짜를 받아서 전해주세요. 내키지 않는 혼사이긴 하지만 사돈댁에서도 초대할 손님이 어느 정도인지 말해주세요. 결혼예식장을 정해야 하니까요."

"우리는 단촐합니다. 신경써주실 필요 없습니다. 이산가족이라 친지도 없고 아는 사람은 이웃들이 전부입니다."

양가집이 만나서 여러 가지 이야기를 나눈 뒤 점심을 먹고 두세 시경 시간을 보내고 헤어졌다.

엄마는 저축해논 돈이 얼마나 되는지 계산을 하기 시작했다. 그런데 부자집 사돈이 된다는 게 우리로서는 감당하기 힘에 붙쳤다. 혼수감 마련하기가 너무 약소했다. 한달 동안 바쁘게 결혼준비를 하고 결혼반지 시계 등 폐물도 선우씨와 같이 돌아다니면서 마련했다.

예식장은 강남 웨딩홀에 12월 24일 12시로 예약을 했다. 화장이 곱게 먹기 위해 맛사지도 몇 번 받아 보았다.

드디어 결혼식을 올리는 그 날이 되었다. 입구에 화환과 이름이 써있는 앞에 신부측과 신랑측의 부모님이 한복과 양복으로 곱게 갈아입고서 손님을 맞이하고 있었다. 아침 일찍 신부화장을 받기위해 들뜬 마음으로 미용실에 들렀다. 설레는 이 기분 오늘은 너무 기분 좋은 날이다.

시간이 되어 나는 아버지 손을 잡고 친구들이 핑크색 장미로 만든 부케를 들고 결혼행진곡에 맞추어 입장을 했다. 신랑이 걸어나와 손을 건네 받고 영문과 교수님이 주례선생님이었다.

신랑 신부 맞절하라는 말이 들린다. 오늘 결혼식 사회는 친구 기철이가 해줬다.

생애 최고의 날, 아직 너무 젊은 우리들 선우와 진아는 졸업을 앞두고 이렇게 새 출발을 하였다. 부케는 친한 친구 은숙이가 받았다.

사진촬영과 폐백을 마치고 음식점에서 뒤풀이를 했다. 재미있고 유쾌하게 몇 시간 놀다 김포공항에 나가 제주도행 비행기를 탔다. 꿈같은 신혼여행을 떠난 것이다.

우여곡절 끝에 결혼에 성공하였고 나는 대학3학년 학교는 어떻게 해야 될지 지금 겨울 방학인데 그때가서 생각하기로 미뤄두고 이 행복한 밀월여행을 즐긴다.

제주도 공항에 내려 기다리고 있던 신혼부부만 받는 관광버스를 타고 호텔에 도착하였다.

간단한 짐을 풀고 밖에 나가서 입맛을 돋우어주는 와인 한 잔 저녁에 스테이크 정식으로 칼로 썰어서 천천히 맛을 음미하면서 나누는 대화 정말 달콤하였다.

밤이 아름다운 이유는 사랑하는 사람과 같이 먹는 저녁과 첫날밤의 설레는 이상야릇한 기분, 너무 행복했다.

제주도 날씨는 겨울인데도 춥지 않았다. 따뜻한 날씨가 계속되었다.

제주도 귤을 재배하는 곳에 돈을 내고 산지에서 싱싱한 귤을 마음껏 따 먹는 추억도 새겼다. 돌하르방의 코를 잡고 사진도 찍었다. 아들 낳는 전설이 있다고 하여 재미로 코를 나란히 잡고 포즈도 취했다. 여기저기 여행을 하고 2박 3일의 짧은 밀월이 아름답게 흘러갔다. 집으로 돌아가기 위해 짐을 챙겼다.

"내일 오후 2시에 비행기 타기로 정해졌다. 이젠 정말 시집 식구들과 부딪칠 것인데 진아는 슬기롭게 잘 이겨 나갈 것이라고 믿는다."

"형, 부모님 마음에 들지 않아도 잘해 볼 거야. 그래서 인정받고 싶어."

우리는 서로의 사랑을 확인하고 부모님께 잘할 거라고 말을 한 뒤 점심을 호텔에서 먹고 비행기를 타기위해 제조 공항으로 향했다.

며칠이 꿈결같이 흘렀다. 시댁과 친정에서 하룻밤씩 자고 이제는 선우씨 집이 내 집처럼 아끼고 살림도 내가 해야 하는 며느리가 되었다.

아직은 아무것도 할 줄 모르는 새내기 부부지만 하나하나 시댁 가풍을 익히며 배워나갈 것이라고 다짐했다.

4. 흔들림

나는 대학 졸업을 1년 앞두고 최선우씨와 결혼을 했다. 기약없이 휴학을 하고 지금은 며느리로 시댁에서 살림을 배우면서 앞으로 태어날 아이를 기다리며 살고 있다.

집안에서는 매일 큰 소리가 나고 무서운 시어머니의 가르침은 스트레스로 신경이 날카로와 매일 눈물을 흘리며 어려운 시집살이에 적응을 하지 못했다.

내가 시댁에 들어가 살자 시어머니는 일을 도와주던 도우미 아주머니를 내 보내고 집안일을 모두 나에게 시켰다. 서투른 가사일에 실수가 자주 있어 "너희 집에서 그렇게 가르쳤냐, 너희 부모는 어떤 사람이길래 자식을 이렇게 가르쳐서 시집보냈냐." 하면서 친정을 나쁘게 말했다.

나는 그런 소리를 들을 때마다 속이 너무 상하고 참을 수가 없었다. 잘못을 하면 나에게만 야단치지 친정어머니를 말하면서 꼭 그렇게 말씀 하신다. 이런 언행으로 얻는 게 무엇인지 난 알 수가 없었다.

넓고 큰 집에서 집안일 하기에 바빠 친구들 만나기 위해서 외출하기란 어머니께서 허락을 하지 않았다.

몇 번의 꽃샘추위가 물러가더니 따뜻한 봄이 찾아왔다. 집안 정원의 뜨락에 나무들이 물이 오르기 시작하더니 새싹이 터져 나왔다. 새들도 노래를 한다.

남편은 신혼초에는 일찍 들어와 분위기가 좋았지만 그후 몇 달이 지나자 잦은 어머니의 꾸지람 때문인지 나와 어머니 사이에서 이러지도 저러지도 못하고 귀가 시간이 점점 늦어지고 술에 취해 들어오는 날도 많아지기 시작했다.

뱃속의 아이는 무럭무럭 자라고 제법 발길질도 하며 놀기도 잘한다. 점점 배가 불러오기 시작했다.

아이가 세상에 나와 엄마와 만날 날을 기다리며 힘겨운 시집살이를 참고 견뎌 나갔다. 배가 불러와도 이 큰집의 집안일은 여전히 나의 차지가 되었다.

산부인과에 가는 날이 되었다. 가벼운 화장을 하고 화사한 임신복을 갈아입고 집을 나섰다. 오랜만에 외출을 하니 기분이 날아갈 것처럼 들떠있었다. 아무 이상이 없다는 것을 확인하고 이 봄날에 그냥 집에 들어가기가 싫었다. 점심시간쯤에 학교에 들어가 은숙이를 찾았다.

"밥 먹었니."

"아니, 어떻게 허락받고 나왔어."

"산부인과에 갔다 너하고 이야기 좀 하고 스트레스 풀다 들어가려고 왔어."

"그래, 학교 밖 햄버거 집에서 점심먹자."

둘이서 손을 잡고 햄버거 집에 들어갔다. 햄버거와 콜라 감자
튀김을 시키고 한참 이런저런 이야기를 했다.

"선우씨가 잘해 주니."

"아니, 결혼 전과 비교하면 지금은 내가 자기 사람이다 생각해
서인가, 신경을 안 써줘. 흠~ 가운데서 이러지도 저러지도 못하
고… 무척 난처한가봐."

"그래도 자기 한 사람 보고 사는데 잘해줘야지."

"너는, 기철이하고 잘 지내? 기철이가 너 좋아하는 것 같더라."

"친한 친구지, 발전은 뭐….'

"중간고사는 언제 보니 눈코 뜰 새 없이 바쁘겠다. 나도 이 아
이만 아니면 벌써 졸업반일터인데 아쉽다."

한두 시간 수다를 떨다 은숙이 수업이 있어 일어나야만 했다.
교정을 빙 돌아 상큼한 봄 냄새를 가득 안고 집으로 돌아갔다.

어머니는 외출을 하시고 나는 빈 집에서 음악 감상을 했다. 배
가 자꾸 불러와 숨이 차고 힘에 부쳤다. 한 달만 지나면 아이가
세상 밖으로 나오는데 여러 가지 출산준비를 책을 보아가며 차곡
차곡 준비를 했다.

어머니가 외출에 돌아와 말씀하신다.

"아가가 세상에 나오려면 한 달정도 남았으니 집안 일이 힘들
겠다. 친정에 가서 아기 낳고 몸조리까지 하고 오너라."

"네? 어머니 정말이세요?"

한두 달 휴가를 받은 셈이다. 오늘은 선우씨가 빨리 퇴근하길
기다렸다. 그런데 선우씨는 12시가 되어서야 귀가를 했다.

술에 취해 이런저런 말도 하지 못하고 아침에 일어나면 말하고

친정에 가야겠다 생각하며 선우씨의 양말과 옷을 벗기고 침대에
쓰러져 잠이 들고 말았다.

아침에 일어나 밥을 하고 방에 꿀물을 타 가지고 들어왔다.

"일어나 출근해야지." 선우씨를 깨웠다.

"오늘 친정에 가서 애기 낳고 몸조리 하고 오라고 어머니가 말
씀하셨어. 퇴근해도 나 없어요. 술 조금만 마시고 출근할 때 알아
서 잘해요."

"그래, 알았어." 하고 꿀물을 마셨다.

모두 출근하고 학교에 가고 집안일을 마친 나는 오랜만에 부모
님을 만나러 간다는 것이 너무 좋았다.

애기 배냇저고리며 기저귀, 내 옷가지를 챙기고 곱게 단장해
시어머니께 인사하고 집을 나왔다. 담장너머 목련꽃이 해 맑게
웃고 있었다. 벚꽃도 피어있었다. 세상은 꽃들이 만발하여 태어
날 아기를 축복해주고 있었다.

보라매공원 벤치에 잠시 앉아 있었다. 봄 날씨가 너무나 좋아
맑은 공기를 마음껏 마시며 배가 불러있는 나 자신에 깜짝 놀라
기도 했다.

아직은 공부해야 하는데 아기가 생겨 일상생활에 갇힌 스물 두
살의 예비 엄마. 어찌하면 좋을지 생각이 안 난다.

예쁜 꽃들의 봄나들이를 하면서 시간을 보낸 후 점심시간에 맞
추어 친정집에 들어갔다. 엄마와 할머니는 좋으면서도 걱정이 되
는지 나에게 물어본다.

"무슨 일로 왔니, 보고 싶었다. 진아야."

"응. 엄마, 시어머니 허락받고 애기 낳으러 왔어."

입덧이 가라 앉은 후 맛있게 밥을 먹었다. 엄한 시집살이 때문에 외출 한 번 마음대로 할 수 없었던 나는 친정에서 자유롭게 출산준비를 할 수 있어서 너무 좋았다. 임신하면 원래도 살이 붙지만 나는 시집살이 스트레스 때문인지 음식을 많이 먹어 살이 많이 쪄 있었다.

저녁이 되어 온 가족이 모였다. 즐겁고 재미있는 시간이 흘렀다. 밤 공기가 차갑지만 기분전환이 될 만큼 맑고 상큼했다. 옥상에 의자가 마련되어 있어서 앉아서 성진이의 기타 치는 소리를 들었다.

이별은 나의 별 저 별은 너의 별~

말없이 건네주고 달하나 차가운 손~

몇 곡 같이 부르면서 추억을 생각하다가 동생하고 대화를 했다.

"성진이 너 대학에서 사귄 여자친구 있니?"

"아니, 누나 요즘 애들은 깍쟁이 같아서 사귀는 친구 없어. 군대에 갔다 온 후에 생각해보려고."

"공부는 잘 되니?"

"그런대로 하고 있어. 장학금 타는 기회는 오지 않았지만"

그런데 엄마가 전화왔다고 불렀다. 선우씨 전화였다.

밤하늘의 별들은 너무 반짝거리기 시작했다. 그 별을 뒤로 하고 방에 들어와 엄마와 오래도록 이야기했다. 그리고 곤하게 잠이 들었다.

공기의 흐름처럼 내 곁을 떠도는 그대의 그림자별처럼 내 눈동자에 숨어있는 그대의 얼굴 이제 말할 수 있을 것 같다. 당신은 내 남자라는 것을 너의 빛나는 몸짓에 봉사가 되어 버린 것마저도 행운이라고 행복이라 말하고 있지 않는가? 아무도 들어주는 이 없어도 쉬임없이 강처럼 말하리라. 강처럼 세상을 비추다가 내 모습이 숨어 버리면 내 여한이 없으리 나는 느끼고 싶다. 하늘이 땅이 되도록 땅이 하늘이 되도록 내 작은 몸이 온 천지가 되도록 작은 풀 한포기로 우주가 되도록. 선우씨도 토요일에 와서 일요일 오후에 다녀갔다.

오늘은 산기가 있는 것 같았다. 아침에 양수가 터져 병원을 찾아갔다. 조금있다 진통이 시작되었다. 아기가 나오려고 한다고 선우씨에게도 전화를 했다.

초산인데 아침에 시작하여 오후 5시에 예쁜 사내아이가 태어났다.

"축하합니다. 왕자님이시군요." 아기를 받은 여자의사가 말했다. 엄마는 시댁에 그리고 집에 계시는 할머니와 아버지께 차례로 전화로 알렸다.

선우씨는 퇴근 후 바로 병원으로 왔다.

"우리 진아 고생했다. 튼튼하고 건강해. 든든한 아들이야."

"예쁘지, 누구 닮은 것 같아?"

"나 닮았지, 진아 너 닮지 않았어."

아기 낳을 때 회사 일이 바쁘다며 옆에 있어주지 않았던 남편이 서운했지만 내색하지 않았다.

밤에는 시댁, 친정식구들이 모두 모여 이제 막 태어난 갓난아이를 보면서 신기하다고 얼굴 익히기에 시간 가는 줄 몰랐다.

사흘 동안 병원에서 몸을 추스린 다음 친정집으로 가 엄마가 끓여주는 미역국을 먹으면서 3주동안 바람도 쏘이지 않고 몸조리했다. 자연분만을 해서 그런지 몸상태는 빨리 돌아왔다.

몇 년이 흘렀다. 나는 두 살 터울로 아들 둘만 낳았다. 가꾸지를 못해 퍼져있는 아줌마가 되어버린 나는 아이둘 뒤치다꺼리와 집안 살림하기에 바쁜 주부가 되었다. 언제부터인가 화장도 하지 않은 나를 잊어버린 사람이 되어버렸다.

'내가 이런 사람이 아니었는데' 가끔 거울을 보며 짧았던 아가씨 시절이 한탄스러울 때도 있었다.

큰 아이 지수와 작은 아이 윤수가 장난감으로 집안을 어지럽혀 놓으면 치우느라 하루하루가 바빴었는데 지금 여섯 살, 네 살이 되면서 유치원에 보내기 위해 세실유치원 원장선생님을 만나기로 약속을 했다. 원장선생님과 상담후 아이들을 유치원에 보내기로 했다.

아이들이 유치원에 다니면서 오전시간이 자유로울 것 같았지만 넓은 집을 청소하느라 시간이 없었다.

'아직 20대의 젊은 나이에 나는 왜 이렇게 살아야 하나?' 하고 나에게 질문할 때가 많았다.

봄바람은 어디에서 불어오는지 그 곳을 찾아 여행도 하고 싶은데 현실은 나를 지치게 만든다.

낮잠 한 번 자볼 수 없는 고단함과 쌓여만 가는 스트레스…. 큰 아이 지수 엄마라는 것에 익숙해져 버린 나, 어떻게 할 수 없는 무능함…, 화가 났다. 봄이 무심히 그렇게 지나가 버린다.

유치원 버스를 기다리고 서 있다. 아이들이 오전반이라 점심을 먹고 2시경이 되면 버스에서 내린다.

"엄마, 유치원에 다녀왔습니다."

"엄마, 보고 싶었어. 집에 있었어요?"

지수와 윤수의 목소리에 현실의 시끄러운 시간 속으로 다시 간혀 웃다가 울다 뒤범벅이 되어 세월이 흘러간다. 아이들은 아픈데 없이 건강하게 잘 자라고 있다. 문제는 나였다. 매사에 자신감을 잃어만 가고 결혼생활의 권태기가 찾아왔는지 남편의 얼굴을 보아도 별로 감각이 없는 무덤덤한 감정이 오고 갈 뿐, 말없이 부부생활은 멀어져만 갔다.

천지건설 사장님인 최우석(아버님) 밑에서 실장으로 일하는 최선우, 몇 년 전에 미대를 졸업하고 비서로 들어온 친구 나홍미. 나와는 친하지는 않았지만 알고 지내고 있었던 사이였다.

천지건설은 본가에서 떨어진 곳으로 번화가가 아닌 서울 주변 변두리에 자리잡고 있었다.

회사는 잘 돌아가고 있었다. 공사를 따내서 일하는 사람들을 잘 관리해 자재값 인건비를 빼고 남은 흑자는 전부 사장 몫으로 돌아갔다.

찬연히 춤추며 강으로 안기는 노을인가. 선우의 깊은 곳으로 들어오려고 하는 너는 누구인가? 치렁치렁 탐스러운 머리다발이 젊은 너, 아마 눈빛은 별을 닮아 있었다. 점점 다가오는 너는 무서운 것 없이 너무나 정열적으로 서로를 응시한다.

"좋은 아침."

"안녕하세요. 실장님 모닝커피 탈까요?"

아침에는 항상 커피를 같이 마시며 하루의 일을 시작하는 습관이 되어버렸다.

"미스 나 만나는 남자 없어? 나는 어때."

"실장님도, 사모님이 계시잖아요."

같이 지내는 시간이 많아지자 선우는 홍미의 외모에 마음이 자꾸 흔들리는 자신을 발견한다.

"휴가는 어디에 갔다 왔어?"

"실장님, 휴가 같이 갔다 올 사람 없어요. 집에서 잠만 많이 잤어요. 피곤이 풀린 것 같아요."

찾아오는 손님을 만나 사업에 필요한 여러 가지를 챙기는 역할을 맡아서 일하는 선우는 접대하기 위해 술을 마시는 기회가 많았다. 오늘은 중요한 일로 인해 비서까지 동원해서 술좌석이 마련되었다. 넓은 장소의 노래방에 도우미가 따라나와 흥을 돋우며 탬버린을 치며 노래를 불렀다.

술과 안주가 차려져 있고 주위에 여자들 몇 명이 남자들과 짝을 지어 앉았다.

술에 취해 손님들은 여자들 유방을 만지작 거리며 브라자 안으로 돈을 넣어주었다. 엉덩이를 만지는 사람이 있는가하면 동물같은 감정으로 안고 키스하고 마음대로 덮쳐 갖은 추태를 부리고 있다. 비서인 홍미는 선우 옆에 앉아 안주를 먹여주었다. 선우는 홍미의 손을 잡고 안아 보기도 했다.

밤 12시가 넘자 대리운전하고 집에 들어가는 사람이 있는가 하면 아가씨를 데리고 모텔로 가는 사람도 있었다.

비서 홍미는 선우를 대리운전으로 보내면 될 것을 선우를 부축하고 차에 같이 타고 집에까지 왔다. 나는 술이 많이 취했다며 몸을 가누지도 못하는 그를 집에 바래다 준 친구를 의심하지 않았다. 그런데 둘은 자꾸만 가까워지기 위해 몸부림을 치고 있었다.

무더운 여름이 지나고 바람이 시원해지기 시작했다. 정원의 나뭇가지 사이에서 매미들이 여름 한나절을 나기 위해 시끄럽게 울어댔다.

짙은 녹음이 하늘을 우러러 뻗어 나가는 운치가 돋보이는 가운데 새들의 화음이 어우러져 조화를 이루었다.

어머니의 시집살이는 나에게 자유를 주지 않았다. 결혼생활 내내 집안 살림만 하는 가정부로만 취급했다. 시집가서 아이들 남매를 낳고 친정에 드나드는 시누이의 스트레스도 만만치가 않았다. 시아버지의 사랑은 며느리라고 했는데 아버님은 본체만체 하셨다. 시부모의 인정을 받지 못하고 인간으로서 권리를 누리지 못한 사람, 소외 받으며 젊은 이십대를 보내고 있다.

선우씨 비서인 홍미는 가난한 시골생활을 했던 친구였다. 서울에 올라와 주택의 다락방을 얻어 가난한 생활을 면해보려 발버둥치고 있던 중 우연히 나의 남편 선우씨 회사에 취직했다. 미대를 나와서 그런지 화장도 세련되고 옷 입는 수준도 상류층 못지않게 잘 꾸미고 다녔다. 선우씨는 아내인 나와 홍미를 비교하기 시작했고 남자의 마음으로 홍미를 안아보고 싶은 충동을 느끼고 있었다.

한강은 끝없이 흘렀다. 변함없이 흐르는 강물따라 자꾸만 걷기 시작했다.

이 삶은 내가 원하는 그러한 생활이 아니다. 어떻게 하든지 생각을 고쳐보도록 하자. 남편의 마음이 흔들린다고 느꼈을 때는 이미 늦었다는 것을 알지만 지금이라도 운동도 하고 살을 빼서 다시 아가씨 때 시절, 날씬했던 몸매로 만들어보자 했다.

시원한 강바람이 머리카락을 날려 보냈다. 내부로부터 변화되기 위해 안간힘을 쓰고 있는 나는 아침 일찍 일어나 공원에서 줄넘기를 시작했다. 운동 후 아침준비를 했다.

남편을 출근시키고 아이들을 유치원 보내고 집안일을 한 뒤 음악을 틀었다. 음악 감상을 하면서 상념에 사로잡혔다. 사랑하는 아이들에게 상처를 주지 않기 위해서 매사에 신경쓰고 남편을 빼앗기지 않아야 한다.

여자로서의 직감이 흐트러졌던 정신을 바짝들게 하였다.

긍정적인 사고로 생활자세를 바꾸도록 노력하련다.

5. 바람

산들 가을바람이 어디에서 시작되었는지 태양이 이글거리는 열매를 맺어지게 만들고는 여름은 어디론지 가 버렸다.

큰 아이가 초등학교에 입학해서 여름방학이 지나고 9월이 왔다. 남편은 여전히 늦게 귀가를 했다. 나이가 서른살이 되었다. 생일이 언제인지 아는지 모르는지 결혼하여 첫 아이를 낳았던 해에 장미꽃 스물 두송이 받아 본 기억은 있는데 그 후로는 생일날을 챙겨주지 않았다.

남편은 아이들과도 놀아주지 않았다. 항상 바쁘다는 이유로 아이들이 아빠 얼굴을 잊어버릴 정도로 집에 늦게 들어오고 아침 일찍 나가곤 했다.

비서 홍미는 아침 일찍 출근하여 회사 사무실 문을 열고 일찍 출근하는 선우씨를 기다리곤 하였다. 선우씨는 신문을 보면서 비서가 만들어오는 샌드위치와 따끈한 커피로 아침을 즐긴다.

홍미 몸에서는 향기가 난다. 사람을 유혹하는 향수를 뿌려 잘 빠진 몸매에 어울리는 옷차림을 선우씨는 늘 지켜본다.

홍미는 코스모스처럼 약한 여자는 아니었다. 기회를 노리는 예리한 눈빛으로 가진 것이 없지만 매사에 당차고 자신감이 넘쳐흘렀다.

"이 가을에 그냥 보낼 수 없지. 이번 일만 끝나면 출장이라고 여행을 갔다 올까?"

"그것 좋지요. 실장님하고 둘이라면."

9월 달 결산에 바빠있는 홍미는 너무 들떠 있었다.

스물이 아닌 서른살에 애인 하나 없는 노처녀인데 '이번에 한 몫 챙기거나 꽉 잡아서 신분 상승이라도 해볼까. 시원한 바람과 함께 기회가 왔구나.' 하고 홍미는 환호성을 질렀다. 너무 기다리던 일이었다.

산에는 짙은 색깔이 퇴색되기 위해 준비를 하고 있었다. 온도는 춥지도 않고 덥지도 않은 알맞은 계절이 왔다.

날씨가 쌀쌀해지기 전에 좋은 기분으로 여행 갔다 올 계획을 세웠다. 단풍이 들기 시작했다. 아직은 녹색이 많은 감미로운 잎새에 잔잔한 바람이 불어올 적마다 가슴이 설레였다.

선우씨와 비서는 점심을 같이 먹었다. 분위기 좋은 레스토랑에서 마주보며 웃음 가득히 밀월 여행을 떠날 생각으로 둘이는 행복하다고 느꼈다.

나는 아이들 숙제와 한글 익히기 공부를 도와주고 있었다. 큰 아이 지수는 한글을 읽을 수 있으나 완전히 쓸줄을 몰라 받아쓰기를 하고 있었다.

"엄마, 놀고 싶은데 공부 좀 빨리 끝내 줘."

"틀린 글씨 열 번씩 쓰고 윤수하고 사이좋게 놀아야 한다. 형이

동생을 돌보아 주어야 한다. 알았지 윤수야."

"예."

어머니는 외출하고 빨리 오셨다. 아이들은 장난감 가지고 놀고 나는 저녁 준비를 하였다.

선우씨는 오늘 빨리 퇴근하여 출장을 간다면서 가방을 챙기라고 말했다.

"여보, 대전으로 출장 간다. 가방 정리 좀 해라."

"예, 저녁을 먹은 뒤 할께요. 씻고 나오세요."

온 식구가 식탁에 앉아서 밥을 먹었다.

"아버지, 일 때문에 대전에 갔다 와야겠어요."

"알았다. 밥 먹자."

"할아버지, 대전이 어디에요. 우리도 데리고 가세요."

"아빠, 우리는 언제 엄마랑 놀러가요?"

선우씨는 아이들의 투정을 받아주지 않고 밥만 먹었다. 나는 밥을 먹지 않고 속옷이며 세면도구 수건 등 여행가방에 차곡차곡 챙겼다.

남편이 출장을 갔다 오면 돌아오지 못할 사람처럼 불길한 예감이 들었지만 바깥일 하는 남편 일에 나설 수가 없었다.

잠을 이룰 수 없는 밤이 지나고 아침이 되었다.

8시경에 아침을 먹고 남편은 가방을 들고 나가버렸다. 언제나 하던 것처럼 애들 학교와 유치원에 보내고 집안일을 하던 나는 걷잡을 수 없는 생각 속으로 빠져 들고 있었다.

한편 선우씨는 회사에서 비서를 만나 커피를 같이 마시고 10시경에 승용차에 비서와 같이 드라이브하며 도시를 빠져나갔다. 좋은 음악의 멜로디가 흘러나와 신바람이 절로나와 해방감이 들었다. 승용차 문을 약간 열어 놓아 맑은 공기가 들어오고 산이 많은 충청도 고속도로를 달리고 또 달렸다. 울창하게 숲이 우거진 산은 초록색이 변화하여 빨갛게 노랗게 물이 들었다. 가을날의 여행이 무슨 의미가 있을까? 한 때 스쳐지나가는 바람 아니면 인생을 바꾸어 놓은 그 무엇, 선우씨는 아무것도 생각하지 않고 자기 욕망을 채우기 위해 일 때문에 출장 간다고 속이고 여자와 즐긴다.

드디어 대전에 도착했다. 터미널에서 좀 떨어진 모텔에 들어갔다. 그곳에서 짐을 풀고 점심을 먹기위해 밖으로 나왔다. 포도주와 안심스테이크가 나오는 정식코스로 마주하고 앉아서 맛있게 먹었다.

선우씨는 모텔 문 앞에서 홍미에게 손님을 만나고 올테니 들어가 있으라고 하고 약속 장소로 향했다. 같은 방을 사용하는 모텔 방 안에서 내내 선우씨를 기다렸다. 홍미는 왕비라도 되는 꿈을 꾸면서 시간이 흘렀다.

선우씨는 돌아왔다. 홍미는 샤워를 하고 까운을 입고 머리를 말리고 있었다.

"이 시간을 얼마나 기다렸는지 모른다."

잠깐 서로를 응시하고 바라보다가 포옹을 했다. 키스도 달콤하게 했다. 한참을 붙어 있다가

"샤워하고 올게." 하고 목욕탕으로 들어갔다.

둘은 며칠을 굶은 늑대처럼 허기를 달래기 위해 서로를 원했다. 너무너무 달콤했다. 깊은 속으로 선우씨는 마구 파고들었다.

몇 시간을 하고 싶은 대로 마음 놓고 홍미를 몇 번이고 탐했다. 체력이 다 소모되어 배가 고팠다. 시간을 보니 저녁 일곱시가 되었다. 밖으로 나가지 않고 저녁을 시켜서 먹었다. 어스름한 밤이 이윽고 찾아왔다. 별도 보였다. 창밖은 조용하게 모두를 잠재웠다. 커피 향기와 대화를 했다. 둘은 서로를 보면서 만족하게 웃었다. 꿈같은 시간이 현실이 되어 이젠 피할 수 없는 운명의 장난이라고 생각했다. 2박 3일을 정신없이 동물적인 감정으로 허기진 배를 채우기 위해 보냈다.

비서와 같이 즐기는 시간을 연장하고 싶었으나 회사일 때문에 짐을 챙겨 왔던 것처럼 다정하게 승용차를 타고 드라이브를 하였다. 산뜻한 기분으로 서울로 향했다. 토요일이라서 서울도로는 붐비고 시끄러웠다.

때를 맞추어 기철이와 은숙이는 승용차를 타고 시내에 나왔다. 둘은 대학 때부터 연애를 하여 사귀다가 결혼한 지 얼마 안 되는 신혼이었다.

강남에 영어학원을 차려 돈을 잘 벌게 된 그들은 늦은 나이에 결혼하였고 서로 성격을 잘 알아 인생의 동반자가 되었다.

학원이 쉬는 날이라 시내에 밥 먹으로 나왔다가 선우씨와 홍미가 승용차를 타고 신호등 앞에서 멈추어 서 있는 것을 발견한다.

"기철씨, 선우 선배 아니야. 그 옆에는 미대나왔다던 홍미 아니야? 무슨 일로 같이 차타고 있을까?"

"여보야, 무슨 일인지 진아에게 전화해 봐. 보통사이가 아닌가 봐."

핸드폰이 나온 지 얼마 안 되었는데 친구에게 전화할 수 있는 자유가 있어서 좋았다.

"진아야, 나야 은숙이. 선우선배 집에 있어?"

"아니, 출장가고 없어. 대전으로 갔다 오늘 온다했는데. 무슨일이야?"

"지금 시내인데 선우씨와 홍미가 승용차에 같이 타고 있는 것을 보았어. 무슨 일인지 네가 알고 있어야 할 것 같아서…."

"뭐? 그럼 2박3일 동안 둘이 같이 있었단 말이야. 전화해줘서 고마워."

나는 충격에 손발이 떨렸다. 가느다란 신음소리도 낼 수 없는 나의 처지와 남편의 바람에 하늘이 무너지는 것 같았다. 선우씨만 보고 참고 사는데 눈을 다른 곳으로 돌리다니 배신감으로 마음이 아팠다.

앞이 깜깜하고 창밖이 노랗게 변하는 현기증이 일어났지만 평소처럼 집안일을 하며 선우씨를 기다렸다. 선우씨는 빨리 오지 않았다. 가족이 밥을 먹고 설거지를 한 후 TV를 보고 있었다.

선우씨는 늦게까지 술을 마시고 12시가 되어 초인종을 눌렀다. 술에 취해 옷을 벗기고 침대로 부축해 데리고 올라갔다. 하룻밤은 그냥 지나갔다.

나는 잠을 이루지 못하고 아침이 되었다. 꿀물을 타다가 남편에게 주고 일요일이라 더 잠을 자도록 놔두었다.

선우씨는 오전 내내 일어나지 않았다. 정신없이 잠을 자고 있어 깨울 수가 없었다. 점심시간이 되어서야 일어났다. 점심으로 북어국에 밥을 차려주고 같이 있을 시간이 되었다.

"당신, 왜 대전에 출장 간다고 속였어?"

"야, 정말 회사일 때문에 갔어."

"갔다가 하루에 다 해결 할 수 있는 일인데 누구랑 갔어."

"나 혼자 갔지. 누구랑 가니."

"시내에서 홍미랑 자가용타고 있는 것 보았대. 이래도 속일 셈이야."

"자가용만 같이 타고 있으면 다 바람 핀 거니?"

"기철이 부부가 보았다는데, 딱 잡아 뗄 셈이야."

"증거가 없잖아. 증거있으면 말해봐."

결혼해서 처음으로 부부싸움을 크게 했다.

"힘든 시집살이는 다 참겠는데. 당신 바람핀 것은 못 참겠다."

한참을 싸우다가 피곤이 덜 풀렸는지 잠을 더 잔다면서 방을 나가 달라고 했다. 아이들 방에서 동화책을 읽어주면서 마음을 달래려고 하는데 좀처럼 진정이 되지 않았다.

'어떻게 하면 되지? 어디서 무엇부터 잘못된 건지 알수가 없어.'

자꾸 자신에게 묻는다. 그러나 마음은 불안하고 해답은 나오지 않았다. 선우씨가 왜 변했을까?

기분이 우울했다. 눈물이 핑 돌아, 오후동안 기분전환이 되지 않았다. 아이들이 놀다가 잠이 들었다. 작은 아이가 먼저 자더니 큰 아이가 옆에서 스르르 누어서 피곤한지 세상모르게 잠을 잔다.

뜨락에 단풍이 들어 잎새들이 갈색으로 떨어진다. 한잎 두잎…. 그런데 나는 혼자인 것 같아 외롭고 쓸쓸해진다.

싸늘한 바람이 분다. 그냥 스쳐가는 바람이었으면 좋겠다. 연못에 금붕어와 열대어 물고기가 헤엄쳐 다닌다. 그 안에 나뭇잎이 떨어진다. 파문이 일어 물결이 춤을 춘다. 가을은 깊어만 가는데 내 마음은 얼마나 허전하고 공허한지 느껴보지 못한 감정이 물밀 듯이 몰려왔다.

며칠이 지났다. 선우씨의 사과 한마디 못들은 채 냉냉한 분위기에 시간은 자꾸 흐른다. 그런데 토요일 우연히 선우씨 자가용에 홍미를 태우고 어딘가로 가는것을 목격했다. 앞에 가는 차에 거리를 두고 기철이와 은숙이 미행을 했다. 호텔로 둘이 들어가는 것을 보고 호수를 알아두었다.

은숙이가 나에게 전화를 했다. 나는 저녁준비를 할 것이 없어 집을 나왔다. 셋이서 선우씨가 들어간 호텔 방의 초인종을 눌렀다. 홍미는 샤워를 하고 있는 중이어서 침대에 누워 있었던 선우가 문을 열어주며 물어본다.

"누구세요."

우리는 대답을 하지 않았다. 대답이 없자 선우가 문을 열고 나왔다. 우리는 문이 열리자마자 방 안으로 들어갔다. 들어가자 겉옷이며 속옷이 침대에 흩어져 있었다.

"이래도 잡아 떼." 기철이가 목욕탕 문을 열었다.

홍미가 물기가 마르지 않은 알몸에 수건을 두르고 나왔다.

"야, 요년아. 남자가 없어 친구 남편을 잡았냐."

'간통죄로 고소를 해라.' '이혼해라.'며 한참을 싸웠다. 싸움이 끝나지 않았다.

"뭣 때문에 선우씨에게 다가갔냐."

"사무실에서 같이 일하다 보니 가까워졌다."

"회사만 잘 다니면 되지, 왜 남의 남편을 꼬셔."

선우는 나와 기철이, 은숙이를 보며 나가자고 했다.

"내가 잘못했다. 죽은 죄를 지었다. 가자."

"저 여자를 어떻게 할 거야."

"회사에서 내보내고 다시는 만나지 않을게."

호텔에서 나왔을 때는 캄캄한 밤이 되었다. 기철이 부부는 가고 나와 선우씨는 자가용을 타고 집으로 왔다. 좀처럼 풀리지 않는 기분이었다. 집에서는 저녁시간인데 며느리가 보이지 않고 선우와 같이 토닥토닥 싸우면서 들어오는 것을 보고 야단을 쳤다.

"저녁은 하지 않고 어디를 갔다 오는 거냐."

"저녁하고 싶은 마음이 없네요."

"너 지금 반항하고 있니, 네가 무엇이라고."

"네, 어머니. 저 이집에서 며느리 대접도 못 받고 남편 믿고 살았는데 이 사람이 바람을 피웠어요."

"남편이 그럴 수도 있지. 대수롭지 않은 일로 왜 소란이니. 사람이 사업하다 보면 그럴 수도 있다."

어머니는 남편에게 하지 말라고 말하는 것이 아니라 오히려 나를 나무라는 것이다. 너무 서운하고 지금까지 헛 살았구나 하는 삶의 회의가 찾아왔다.

낙엽이 떨어지는 계절이 너무 슬펐다. 배신감 때문에 무슨 일을 할 수 없을 만큼 실망이 컸다. 앞으로 어떻게 살아야 할지 막막해진다. 이제 내 나이가 삼십대 초반으로 젊은데 이대로 살아갈 수 없다. 밤이 깊어가는데 잠이 오지 않았다. 나는 뜬 눈으로 밤을 지새우는데 선우씨는 잘도 잔다.

까만 밤을 하얗게 지새운 다음날 집이 넓어서 힘든 살림을 하는데 어머니는 더 일을 시키고 잔소리도 더 많이 하신다.

남편의 기세가 당당하여 잠시 홍미를 만나지 않고 일찍 들어오는가 싶더니 여전히 술에 취해 곤드레 만드레 해져서 귀가를 한다.

홍미는 남편회사를 그만두고 남편과 살림을 차리기 위해 오피스텔을 남편과 같이 보고 다녔다. 선우씨는 퇴근하면 오피스텔에 들러 즐기다가 열두시가 되면 집에 들어오곤 하였다.

"결혼하고 3년이 지나니까 콩깍지가 벗겨지고 싫증이 나더라."

"우린 너무 빨리 결혼했어요. 그래도 아들이 둘인데 당신은 다른데에 눈을 돌리지 않을 줄 알고 철썩같이 믿었는데 어떻게 이렇게 배신을 때려요."

남편의 바람 때문에 하루하루 시간을 보내는 것이 전쟁터 같다. 쓸쓸히 가을이 다해간다. 올해는 너무도 변화가 많다.

치유할 수 없는 상처를 부여안고 잠을 이룰 수 없는 고통의 나날이 계속 이어졌다.

잠을 이룰 수 없기 때문에 밥 맛도 떨어져 살이 점점 빠져갔다. 큰아이 아홉 살, 둘째아이 일곱 살 엄마 아빠 사랑받고 커야 하는데 우리 아이들은 어떻게 하지?

그렇게 매달리면서 생활을 해도 시간은 흘러갔다. 다시 돌아갈 수 없는 방향을 향해 우리 부부는 멀어져 갔다. 믿을 수 없는 남편을 보고 계속 살아야 하나 하고 자신에게 묻고 또 물었다. 이혼만은 안돼, 어떻게든 해결해야지. 집안에서는 남편의 바람에도 오히려 며느리가 잘못해서 그렇게 됐다면서 남편역성을 들었다. 이집에서는 나를 생각해 주는 사람이 없다. 아이들은 어려 철이 들지 않았고, 나 혼자 헤쳐 나갈 수 없다고 안타까워했다.

6. 이혼

세찬 바람이 윙윙 부는 겨울이 왔다. 참으로 추웠다. 별로 춥지 않다고 사람들은 말을 한다. 하지만 나에게 올해의 겨울은 시베리아 겨울이었다.

크리스마스 연말이 의미 없이 지나가고 구정이 왔다.

예년처럼 시댁 친척들이 찾아와 고된 일을 하고 친정에 갈 수 있는 시간이 주어지지 않았다.

친정 부모님에게 잘 있다고 가끔 안부 전화를 하는데 걱정을 끼칠까 생각해서 짧고 간단히 전화를 하고 끊는다.

윤수는 2월에 재롱잔치를 마지막으로 삼 월초부터 초등학교에 입학했다. 두 아이를 둔 학부모가 되었다. 여전히 선우씨는 가정에 충실하지 않았고 소홀히 대했다.

나무에 물이 올라 가지마다 떡잎이 돋아나더니 새싹이 터져 나왔다. 버드나무가지에도 주렁 주렁이 드리우고 버들피리 불면서 어린 시절을 생각하며 그 시절로 다시 돌아가고파 남몰래 눈물흐른다.

현실이 나에게 왜이리 고통스러운가, 어렸을 때는 꿈이 있었는데 지금은 지수엄마로 내 이름을 잃어버리고 산 지 10년이 되었다.

사랑을 해서 결혼했는데 지금은 그 사랑이 식어서 외롭고 슬픈 이혼을 생각하지 않을 수 없는 현실에 직면해 있다.

입학식과 학부모회의에 참석하기 위해 단장을 한다. 그렇지만 마음은 불편하다. 서른 한 살의 젊은 엄마로 불리우는 게 싫었다. 창문을 열고 맑은 공기를 깊숙히 들여 마신다. 봄날은 우리 곁에 찾아왔는데 어떻게 아픔으로 다가서는지 모른다.

세상은 주저리주저리 꽃을 피워내는데 나는 어찌해 마른 나뭇잎처럼 삭막하고 말라가는지 이런 환경이 원망스럽다.

나는 이러한 난관을 부딪쳐 이겨 나갈 것이다. 십 년의 세월을 돌이켜 보건데 나의 시간이 없었다. 나를 위해 사는 삶이 아니라 이름이 주부이지 아니 가사도우미나 다름없는 빈껍데기뿐이었다. 이제부터라도 나의 삶을 살아가자. 나는 이런 여자가 아니었다.

남편은 일주일 대부분 술을 마시고 들어온다. 아이들과 아기자기한 가정적인 남자이기를 원했었다.

남편이 사업한다고 밖으로만 돌았던 이유는 고부 갈등에 끼어들지 않으려는 태도에서 비롯된 것이었다.

남편은 홍미와의 관계를 정리못하고 계속 만나는 눈치였다. 어느 날 홍미에게 전화가 왔다.

"나 임신했는데 남편을 양보해라."

"선우씨가 물건이니 양보해라 하게."

"선우씨 한테 말을 했는데 이혼은 안한다고 하더라."

"나는 모르겠다. 너희들이 알아서 해결해."

"너 빈껍데기 잡고 살아갈테야. 너에게서 이미 마음은 떠났어. 구차하게 잡고 늘어질거야."

"네 애기는 세상구경 못한다. 불륜으로 얻은 아이 사회에서 사람구실하고 살 것 같으냐."

서로 싸움하면서 누구도 물러서지 않을 기세였다.

남편은 술을 마시지 않는 날도 12시가 넘어 들어왔다. 보이지는 않았지만 홍미와 같이있다 늦게 오는 것 같았다. 나는 늦게 들어오지 말고 빨리 귀가하라고 했지만 남편은 들은 체도 하지 않았다.

둘째 아이가 학교에 들어가고 한달동안 바쁘게 지내고 나니 정원에 목련꽃이 피기 시작했다.

준비물을 챙겨 학교에 보내고 나면 시간이 주어져 친정 엄마에게 들렀다.

"왜 이리 얼굴이 까칠하니. 최서방이 속이라도 썩히니."

"엄마, 왜 결혼을 빨리 했는지 돌아보니 후회가 돼요. 무엇이 급하다고 아이를 갖고 학교를 그만 두었는지 모르겠어요."

"애야, 지나간 이야기잖니. 지금에 와서 그런 말하면 무슨 소용이 있겠니, 잘살면 그만이지."

엄마의 말에 더 이상 푸념을 하지 않고 엄마에게 걱정을 끼칠까봐 말을 하지 않았다.

엄마가 해준 점심을 먹고 아이들이 돌아와 나를 찾을까봐 빨리 돌아왔다.

기분전환하고 집에오면 또 다른 스트레스가 나를 화나게 만든다. 슬픔이 몰려왔지만 기쁨의 날이 오려니 너무 노하거나 슬퍼하지 말아라. 삶이 그대를 속일지라도 너무 걱정하지 말아라. 하는 글귀를 생각하며 나 자신을 진정시키려고 노력했다.

남편과 다투는 일이 많아졌다. 너무 늦게 다닌다고 말을 하고 아이들이 아빠 얼굴 잊어버리겠다, 애들하고 좀 놀아달라, 아빠 노릇 잘해달라 하며 자주 말을 하지만 남편은 이 일들을 잊어버리곤 한다.

마음은 슬픈데 꽃은 예년처럼 다시 화사하게 피어 눈을 즐겁게 하였다. 꽃과 나비와 벌들은 봄을 연출하기에 부족함이 없다. 각자 자기의 개성을 가지고 열심히 살아간다.

라일락이 피어있는 성당에 벤치가 있어 잠시 앉아서 묵상한다. 몇 년 만의 봄나들이인가. 오랜시간이 지나니 외출을 할 수 있는 자유가 주어졌지만 남편은 다른 여자가 있다.

성모상 앞에 심어진 가지가지 꽃들에 물을 준다. 이런 일을 해볼 수 있는 시간이 없었는데 남편과 둘이 찾아올 수 있었으면 얼마나 좋았을까 추억을 생각하며 아쉬운 현실이 다시금 아프게 한다.

"어머니가 너에게 너무 심하게 해서 너가 편해지라고 잠시 다른 여자를 만난 것이다."

"어머니 핑계 대지 마세요. 권태기가 와서 즐겼다고 말하면 거짓말인가요."

"이제 돌아오려고 마음잡았다는데 홍미가 임신했데 애를 지우라고 다그치지만 막무가네야."

"그 문제는 당신이 해결해요. 그 아이 책임 못져요."

남편과 갈수록 부부싸움을 자주하게 되었다. 믿음이 깨어지고 마음에 지울 수 없는 상처와 앙금이 쌓이게 되어 예전과 같이 돌아갈 수 없게 되었다.

감정이 슬픔으로 격해지면서 분노는 머리끝까지 올라왔다. 참고 인내할 수 있는 인간의 한계를 넘어섰다.

"다시 말하는데 애기를 지워라. 위자료는 얼마든지 줄테니 빨리 지워."

"안돼요. 생명을 어떻게 지워요. 이 아이를 지키겠어요."

"그 아이 태어나도 너는 키울 수 없어. 나의 아내는 진아야. 아이를 지우고 새출발 해라."

"나에게 이러지 말아요. 같이 살아요."

"너 그걸 말이라고 해. 너하고는 더 이상 발전할 수 없어."

선우씨는 아이를 지우라고 돈을 던져주고 오피스텔을 나갔다. 이제라도 가정에 충실하자고 다짐했다.

산뜻한 바람이 옷깃을 스쳤다. 시내에 있는 제과점에서 아이들에게 줄 케이크를 샀다. 오랜만에 일찍 집에 들어왔다.

"어쩐 일이에요. 아이들 선물도 사오고 그래요."

"길을 지나다 아이들 생각이 나서 샀어. 아빠노릇 한 번 제대로 한 적이 없어. 반성도 하고."

"아빠, 우리 아빠야."

아이들이 품안에 안긴다. 이것이 행복인 걸 왜 진작 몰랐을까? 하고 후회를 해본다.

모처럼 이층 방에서 네 명이 촛불을 켜고 손뼉치고 노래를 불렀다. 폭죽도 터뜨려 아이들이 신이 나서 소리를 질렀다.

나는 저녁을 먹지 않고 들어온 남편을 위해 정성스럽게 식탁에 상을 차려 거들었다.

새날이 밝아왔다. 화창한 날씨에 청명한 하늘 그 아래 새들이 노래를 하고 싱그러운 향기에 벌과 나비들이 너울너울 춤을 추고 날아다녔다. 꽃피는 계절 녹색이 짙어가며 신록이 우거져 자장가를 불러주었다.

친구 은숙이 부부가 운영하고 있는 영어 학원에 들렀다. 학교가 끝나기 전이라 시간이 있어 이런저런 이야기를 하다 점심시간이 되어 밥을 시켰다. 된장, 순두부, 김치찌개를 하나씩 주문하여 밥을 먹으면서 이야기를 했다.

"선우선배 다시 돌아왔니?"

"정신을 차리고 돌아왔는데 문제가 더 커졌어. 홍미가 임신을 했대. 이혼하라고 협박하고 전화를 아무 때나 마구해서 기분 나쁘게 해."

"뭐 그런 애가 있어. 어떻게 그럴 수가 있니, 친구 남편을 그런 식으로 접근해 얻는 게 뭐가 있다고."

"그런데 학원은 잘 되니"

"기철씨가 잘 운영해서 먹고 살만해. 나도 수업에 들어가 선생님이 네 명이 더 있어. 기철씨가 차량운전도 하고."

기철이는 여자들 얘기에 끼어들지 않고 밥만 먹었다. 따뜻한 햇살이 내리쬐었다. 녹색이 짙은 색으로 나뭇가지에 바람이 불어 가지에서 가지로 흔들렸다.

"날씨도 좋고 나들이 갔으면 좋겠다. 아이들하고 아빠하고 넷이서 외출해 본 적이 없어. 그렇게 살아왔는데 이제는 누리고 살아도 되잖아. 지금도 어머니 눈치가 보여."

"지금이 얼마나 좋은 세상인데 다른사람 너처럼 살지 않아."

"글쎄말이야."

한참 이야기를 하다 2시경이 못되어 학원에서 나섰다. 조금 있으면 학생들이 수업 받으러 오기 때문에 맞추어 집으로 돌아왔다.

피부에 닿는 초여름의 시원한 바람이 기분을 상쾌하게 만들었다. 아직 더위는 몰려오지 않았다. 한 낮에 더위는 견딜 수 있을 정도로 맑고 고운 얼굴에 세수를 하고 화장을 했다. 은은하게 퍼져가는 향기 좋은 향수도 뿌렸다. 살이 알맞게 찐 아가씨와 비슷하게 멋있는 30대 아줌마로 변화되었다. 아픔을 겪고 앞으로 무슨 일이 닥쳐올 줄 모르는 예측할 수 없는 날들이 계속 이어졌다.

정원에 라일락이 져서 이파리가 짙은 색깔로 빛이 나고 장미가 붉은 색으로 담장을 에워 싸여 눈을 즐겁게 만드는 정경이었다. 비둘기가 구구구 참새들이 조잘조잘 대고 한가롭고 평화로운 분위기가 한 폭의 그림처럼 펼쳐졌다. 그런데 나는 이 집에서 외로운 존재였다. 갈수록 우울하고 사는 재미가 점점 소멸해가는 이 지구에서 나 혼자라는 고독감이 숨을 쉬고 살 수 없을 만큼 밀려왔다.

누가 결혼해서 사는 게 행복하니 묻는다면 아니 너무너무 불행하다 이렇게 답변할 수밖에 없다. 인생이 왜 이렇게 힘이 드는지 시어머니와의 갈등이 사람을 피곤하고 지치게 만드는 감정싸움 끝이 보이지 않는다. 소녀시절에 간직했던 해맑은 미소가 나에게는 아직 남아있다. 무엇이 되고 싶다, 무엇을 하고 싶다하는 희망이 있었다. 현실을 참고 견뎌내 인내의 꽃을 피우는 역전 드라마 같은 이야기가 남의 일 같지가 않았다.

여름철 내내 뜨거운 햇볕만 내리 쪼이는 더운 열기가 가시더니 시원한 바람이 불었다. 가족끼리 아이들을 데리고 피서 한번 가지 못하고 갇혀 산 지 십 년째이다. 그런데도 계절은 오고가고 가을이 온다. 가을이다. 처서가 지나갔다. 제법 아침저녁으로 선선하고 시원한 느낌이 들어 뜰앞 벤치에 앉아 코스모스 한들한들 걸어가는 길 유행가를 홍얼홍얼 불러보기도 한다.

과수원의 과일 익어가는 향기가 도심 한가운데에까지 불어와 가을의 풍족한 마음이 즐겁게 만들었다. 국화꽃을 피우기 위해 봄부터 준비를 하고 뜨거운 여름이 가고 한 송이 두 송이 탐스럽게 피우는 마음속에 강인함 은둔 끈기를 배워보기도 한다.

그런데 홍미가 딸아이를 낳았다는 소리를 들었다. 그 아이를 혼자서 못 키우니 데려가라는 말을 남편에게 했다고 한다. 나는 이제야 올 것이 왔구나, 더 이상 결혼생활을 할 수 없다. 그 아이는 나의 성격상 나의 아이로 받아들일 수 없다라고 결론을 내렸다. '하느님 어떻게 할 까요.' 하고 기도를 하지만 더 이상 시댁에서 생활할 수 없다 생각했다.

"아이가 태어났다. 딸이 없으니 딸아이가 생겼다하고 데려다 키우자."

"못해요. 그런 딸 둔 적이 없어요. 그 아이를 키울 수 없으니 이혼해요. 귀찮아요."

"너, 나하고 헤어져 살 수 있니. 지수 윤수는 어떻게 하고."

"내 아이는 내가 키워요. 누가 뭐래요. 내가 키워요. 이혼해요."

"우리 대를 이을 아들이야. 어머니 아버지가 양육권을 포기할 것 같아? 아버지가 두 눈 뜨고 살아있는데."

"당신이 어떤 말을 해도 나는 그 아이 키울 수 없으니 각오하고 가정법원에서 해결해요."

"처음부터 아이 낳을 생각은 없었다. 잠시 즐기다가 돌아왔는데 아이를 낳아서 발목 잡을 줄은 몰랐다."

아기문제로 다투는데 창밖은 가을이 깊어가는 단풍잎이 하나 둘 물이 들어가기 시작했다.

"남편이 낳은 아이를 당연히 키워야지. 못 키운다고 바락바락 기를 쓰고 이기면 집안이 편안하니?"

"어머니, 이제 저는 그렇게 못살겠어요. 어머니가 무서워서 죽은 듯이 살았지만 내 자유대로 살겠어요."

"아버지도 아무 말씀 안하신데 너희들이 알아서 해라. 이혼을 하든 키우든지 너희들 문제 너희들이 해결해라."

집안이 조용할 날이 없었으나 남편이 외도한 후엔 더욱 시끄러웠다.

뜨락이 곱게 가을 옷을 갈아입고 제비 불러 모아 내년 봄에 다시 오라 부탁하노라.

이제는 슬퍼하지 않으리라. 혼자서 다시 인생을 시작하리라 생각하며 이 집을 떠나야지. 아이들에게는 미안하지만 아빠와 사는 게 너희들에게는 더 좋지 않겠니. 엄마는 현실에 너무 지쳐 있어 여행을 하고 정리를 해야겠다. 홍미가 낳은 아이를 데려오기로 한 날 나는 마음을 정하고 가방에 옷을 챙겨들었다.

"애들아 엄마 어디 가는데 잘 지내, 너희들이 크면 엄마가 데리러 올게. 할머니 말씀 잘 듣고 아빠 말씀 잘 듣고 공부 잘해야 돼."

"엄마, 어디 가는데. 응 응."

두 아이들을 꼭 껴안고 눈물을 닦으며 집을 나왔다.

가을바람이 한 번 회오리쳐 돌아간 그 자리에 나는 우뚝 섰다. 처음부터 너무 차이가 진 결혼에 실패를 하고 굳게 닫혀 진 마음의 문을 활짝 열고 자유인이 되어 훨훨 날아가기 위해 심호흡을 크게 하였다. 나와 다른 사람들 그 동안 좋은 기억보다 상처투성이가 되어 떠나는 걸음이 무겁기만 하다.

나는 그 후로 시댁에 신경을 쓰지 않고 소식을 들으려고도 하지 않았다. 홍미가 시댁에 들어와 산다는 것만 알고 다른 것들은 모르는 체 하고 살기로 결심했다.

머리를 식히기 위해 유럽여행을 갔다. 한달동안 혼자서 돌아다니다가 내가 학교 다닐 때 문학소녀였다는 것을 기억해 내고 이제부터 그 길을 가기 위해 노력하며 살아가겠다. 지금은 아무생각하지 않고 푹 쉬면서 앞으로의 일은 그 때가서 하고 싶은 일 좋아하는 일만 하고 살기에도 짧은 인생 보람 있고 알차게 열심히 살아야겠다고 마음먹었다.

늦가을이 가고 겨울이 될 무렵 선우씨와 나는 이혼을 했다. 위자료를 조금 받고 십년 만에 아이 둘 낳고 살았지만 백년회로를 못하고 헤어졌다.

돌아오지 못할 강을 건너고 산전수전 다 겪었다. 하지만 아직 젊은 삼십대 초반에 서 있는 앞길이 창창한 그이와 나였다. 마지막 인사를 하고 보지 않고 사는 것이 서로를 위해 좋은 일이다, 결론을 내리고 뒤돌아보지 않고 빠른 걸음으로 그 자리를 빠져나갔다.

그날 호텔에 들어가서 꼼짝하지 않고 실컷 울었다. 그 다음 날을 위해 아니 미래를 위해 에너지 재충전하기 위한 깊은 잠을 계속 잤다.

새날이 밝아왔다. 맑은 미소로 세상을 바라보게 해 주신 하느님께 기도했다. 감사할 수 없는 상황이지만 건강을 지켜주신 하느님께 새삼스럽게 감사드렸다. 무슨 일이든지 할 수 있는 능력 주시라고 두 손 모아 마음 깊은 곳에서 우러 나오는 신앙심으로 하느님을 찾았다. 이제는 모든 것을 나 혼자서 판단하고 해결해야 하는 현실이 나를 기다렸다.

7. 홀로서기

모든 것을 정리하고 엄마는 집으로 들어오라고 했다. 그러나 친정에 부담되는게 내 마음이 허락하지 않았다. 오랫동안 집안 도우미처럼 일했지만 위자료는 얼마주지도 않았다. 억지 쓰고 받아 낼 수 있었지만 그렇게 하고 싶지 않았다. 정말 쿨하게 헤어졌다.

이제 호텔에서 지낼 수 없어 나왔다. 단독주택 옥상에 방하나 화장실 주방과 공간이 조금있는 옥탑방을 얻었다. 친정집에서 한 정거장 떨어진 대림동에 있는 옥탑방이다.

나 혼자만의 공간, 먹고 싶을 때 먹고, 쉬고 싶을 때 쉴 수 있는 나만의 자유공간, 자유 그 자체를 만끽하며 살게 되었다.

그해 겨울은 너무 추웠다. 눈이 많이 내렸다. 옥상에 눈이 쌓였다. 지붕 위에도 1층에서 올라오는 계단에도, 눈을 쓸고 싶지 않았다. 시장도 가지 못하고 슈퍼에서 라면을 사와 끓여먹었다. 아이들이 어떻게 지내는지 궁금하고 보고 싶었다. 잘 지내겠지 하고 독한 마음으로 신경을 쓰지 않기로 했다.

토요일에는 동생 성진이가 엄마가 해준 반찬을 가지고 찾아왔다. 회사에 다니는데 결혼은 아직 하지 않았다.

"누나, 요즘 힘들지. 지켜주지 못해서 미안해."

"누나가 못나서 부족한 점이 많아서 그런데 뭘 네가 미안해 할 것이 뭐가 있니."

"누나 힘내. 지금은 힘들어도 좋은 날이 꼭 올거야."

"그래, 알았다."

이야기를 하다 보니 저녁이 되었다. 저녁밥을 지어 같이 먹었다.

"혼자서 먹으니 밥맛이 없더니 너하고 같이 먹으니 밥맛 좋다. 자주 와서 누나랑 밥 같이 먹자."

"그럼, 하나 밖에 없는 누나인데 친구 해 주지."

겨울 3개월간은 동생 성진이가 오고가며 해서 외롭지 않게 보냈다.

그해 12월에 대통령 선거가 있었다. 김영삼씨가 당선이 되었다. 매섭고 추운 겨울을 견디고 피어나는 매화를 생각하면서 꿈을 내 마음속에 심었다.

나는 북한에 고향을 두고 1.4후퇴 때 남으로 내려온 이산가족의 자식이다. 우리나라는 남북으로 갈라졌다. 시대를 대변해서 글쓰기에서 성공하고 싶다.

나의 내면의 세계에서 잠자고 있는 재능이 살아서 꿈틀거렸다. 영문과에 3학년 2학기까지 다니고 4학년을 마치지 못했지만 국문과가 아니라 이 분야를 시작해보자 관심을 가졌다. 그동안 집에만 있어 집안 살림만 했었다. 그러나 항상 책을 가까이 해 왔었다. 스트레스가 쌓이면 풀 때가 없어 책을 읽는데 시간을 보냈다. 이제는 습작을 해보자 하고 조용히 펜을 들고 글을 쓰려고 고민하였다.

생각이 꼬리에 꼬리를 물고 자꾸 많아진다. 밤에 잠을 이루지 못할 정도다.

낮에는 정신이 산만해져 글에 집중할 수가 없었지만 밤에는 조용해서 글을 쓸 수 있게 되어 불면증이라는 병이 생겨버렸다.

마음으로 오는 병은 아직 젊기 때문에 이길 수 있었다. 생명들이 겨울잠을 자는 한 겨울에 나 혼자서 꿈을 꾸었다. 장차 미래에 여성을 빛내는 인물, 글 쓰는 분야에서 1인자가 되고 싶다. 가장 춥다는 소한 대한이 춥게만 느껴지지 않았다. 약하지 않다. 강한 여성으로 거듭나기 위해 추운겨울 내 가슴속에 작가가 되기 위한 꿈을 아로새겼다.

성별에 관계없고 학벌 나이에 관계없는, 실력으로 대우 받을 수 있는, 정년이 따로 없는, 최고의 직업을 갖기 위해 최선의 노력을 해야겠다.

봄이 온다고 알리는 입춘이 지났는데도 봄은 올 생각을 하지 않았다. 봄을 재촉하는 겨울비가 소리 없이 내린다. 겨울의 잔재를 녹이듯이 마음속에 꽁꽁 얼어붙었던 현실을 딛고 인내로 꽃을 피우는 봄날은 얼마나 아름다운가.

지금 내가 겪고 있는 고통이 먼 훗날 성공의 밑거름되어 많은 열매를 맺을 수 있는 날이 오리라. 그날을 위해 쓴잔의 쓴맛을 가슴속에 와신상담으로 거울삼아 실패는 성공의 어머니다. 명언처럼 되리라. 내가 잘되어서 내 아이들 앞에 떳떳하게 나타나야겠다.

대동강 물이 풀린다는 우수가 지나갔다. 조금 있으면 개구리가 겨울잠에서 깨어나겠지.

봄이 되기 전에 비닐하우스에서 재배한 봄 향기의 다래 냉이를 사다가 새콤달콤 초무침을 하여 된장찌개에 비벼서 먹었다. 현실의 무게가 너무 무거워 혼자서 힘을 내어 가야 할 인생의 길이 길기 때문이다. 살아온 시간보다 살아가야 할 시간이 더 많아 아름답고 보람 있게 가꾸기 위한 준비를 해야겠다.

2월이 갈 무렵 기철이와 은숙이가 찾아왔다.

"토요일이라 시간이 돼서 어떻게 사는가 보려고 왔다."

"그래, 잘왔어. 너희 둘은 결혼 잘했어. 서로를 잘 알고 서로 이해 할 줄 아니 잉꼬 부부지."

"진아야, 다음달부터 출근하지 않을래. 고등학교 선배가 출판사를 하는데 네 적성에 맞을 것 같아서." 기철이가 말한다.

"그래, 좋아. 출판사니 글쓰는 작가가 되고 싶었는데 잘됐다. 고마워."

"나하고 가보자."

점심때가 되어 집에 있는 반찬과 국으로 밥을 같이 먹었다. 예전에는 친구를 만날 수 있는 시간도 허락받지 않으면 안되었는데… 이제는 자유인이다.

3월 하늘은 파랗다. 친구들이 왔다 간 지 일주일이 지났다. 봄은 왔지만 아직은 추웠다. 바람이 윙윙 소리를 내면서 지나갔다. 나뭇가지에 물이 오르기 시작했다.

햇볕이 따스하게 내리 비추이는 어느날 기철이가 소개해준 출판사에 처음으로 출근하게 되었다. 어제는 기철이가 같이 와줘서 인사를 하고 오늘 정식으로 출근해 나의 자리가 생긴 날이다.

종로구 낙원동에 있는 조금 넓은 사무실에 직원이 사장님 그리고 여직원 한 명 이젠 나와 둘이고 남자 직원 한명 이렇게 몇 명 안 되는 조그마한 출판사다.

높은 빌딩 6층에 엘리베이터 옆 엘리베이터 짝수층 홀수층에 쉬는데 나란히 오르내리고 있다.

사장님 보다 먼저 출근했다. 조금 있으니 사장님이 오셨다.

"오늘부터 같은 식구로 일하게 된 김진아씨라고 합니다. 옆에서 많이 도와주세요. 일을 빨리 익히도록."

"안녕하세요. 소개받은 김진아입니다. 나이는 먹었어도 사회생활은 처음입니다. 모르는 것이 많으니 선배님들이 도와주세요. 최선을 다하겠습니다."

여직원 미스박이 일회용 커피를 타서 돌렸다. 커피향기가 사무실에 가득히 고인다.

사무실에는 한강문학이 격월간으로 3~4월 달에 책이 나올 때다. 회원들에게 먼저 보내기 때문에 일이 바쁘다.

내가 맨 처음 하는 일은 원고에 오타가 있는지 교정보는 일이다.

꽃샘추위는 찾아왔지만 그렇게 매섭지 않았다. 새싹이 돋아났는데 새롭게 태어난 것처럼 모든 것이 새로웠다. 세상은 나를 위해 존재하는 것 같았다. 출근해서 적응하다보니 2주가 그냥 지나갔다. 바쁜 일이 어느 정도 끝난 것 같았다.

어제는 회원들 주소로 문학서적을 광화문 우체국에서 보냈다. 오늘은 각 서점으로 배포했다. 그것은 사장님과 강선생이 차를 타고 돌아다니면서 했다.

퇴근시간이 되면서 사장님이 회식이 있다고 말했다. 사무실 열쇠는 직원 넷이 모두 가지고 있었다. 먼저 나오는 사람이 열고 나중에 나오는 사람이 잠그고 편리하게 관리를 할 수 있었다.

사무실에 나와 조금 걸어서 갈비집에 도착했다. 목살과 갈비를 시켜 숯불 철판위에 올려놓았다. 소주와 맥주를 시켜 미리 나온 야채와 나물을 안주로 한잔 씩 건배를 하고 마셨다.

"진아씨 혼자시라구요. 너무 외로워 말아요. 내가 있잖아요. 나는 사별했어요. 아이를 낳고 얼마 있다가 죽었어요."

"……."

나는 아무 말도 못하고 가만히 있었다.

"미스박은 들어온 지 몇 년 되었고, 강선생은 군대 갔다 와서 우리하고 일한 지 일 년 되었어요."

"예."

고기를 몇 인분 더 시키고 공기밥을 두 개 시켜 절반씩 된장국이 나와 같이 나누어 먹었다. 그리고 음식점에서 나와 노래방으로 들어갔다. 맥주 음료수가 나오고 잔잔한 음악이 흘렀다. 사장님이 먼저 마이크를 들고 '그대 가슴에 얼굴을 묻고' 김수미의 노래를 불렀고 나는 '숨어 우는 바람 소리'를 부르고 강선생, 미스박이 각자 자기가 좋아하는 곳을 선택해서 불렀다. 12시가 되어 회식이 끝나고 택시를 타고 모두 귀가했다.

꽃피는 봄이 중간에 와 있었다. 동생 성진이가 결혼을 한다고 상견례가 끝나고 결혼 날짜를 여자 쪽에서 받아왔다.

성진이 후배였다. 아가씨가 조신하고 참해 보였다. 형제가 2남 2녀이고 교육자 집안에서 교육 잘 받은 중고등학교 선생님이었다. 결혼 후에도 계속 자기 일을 하고 싶어 하는 현대여성이었다.

가정의 달 5월에 결혼식을 올렸다. 싱그러운 푸른 5월 꽃들이 만발하고 여기저기서 향기가 퍼져 흘러나오는 가장 좋은 달에 새로운 시작을 하였다. 무사히 행사가 끝나고 신혼여행을 간다고 인사를 했다.

"아버님, 어머님. 잘 다녀오겠습니다."

"그래, 잘 다녀오렴. 좋은 꿈꾸고. 우리 며느리가 참 예쁘구나."

"올케, 잘 다녀와. 가족이 됐으니 의좋게 잘 지내자."

"예, 형님. 모두 감사합니다."

신랑 신부가 떠나고 외가가 경기도 이천인데 외숙 외숙모 이모네도 다 돌아가고 집에 회사 직원들이 와 엄마가 술상을 차려 내왔다.

"사장님, 한 잔 받으세요. 자." 강선생이 맥주를 따랐다.

"어머니, 이리 앉으세요."

"사장님 우리 진아가 부족해도 잘 봐 주세요."

"어머니, 별 말씀을 다 하시네요. 다 식구인데."

"어머니, 잔 받으세요. 오늘같이 좋은 날 한잔 쭉 드세요."

모두 잔을 들고 앞으로 좋은 일만 있으라고 하는 일에 만족하고 잘 되기를 기원하면서 건배를 했다.

성진이가 무사히 결혼식을 올리고 이년이 훌쩍 지났다. 아이도 생겼다. 아들을 낳아서 엄마는 손주 보는 재미와 재롱에 폭 빠져 있었다.

올해의 여름은 태풍의 피해도 없이 별로 덥지 않았다. 여름인 가 싶더니 금세 가을이 되었다.

김영삼씨가 대통령이 되면서 금융실명제를 실시하였다. 그 결과 검은 돈이 밝혀져 전두환, 노태우 전직 대통령이 소환되었다.

이어서 정권을 잡기 위해 총과 칼로 피를 흘렸던 1980년 5.18 이 진상규명이 이루어져 온 나라가 떠들썩하고 시끄러웠다. 텔레비전 뉴스마다 전두환, 노태우의 내란죄 무기징역이다 사형이다 하면서 보도를 하였다.

5.18은 북한이 있기에 군인들이 정치를 하는 절반만 자유가 있는 독재정치가 있을 수 있었다. 나는 이때부터 문단에 등단하기 위해 작품을 써서 '월간문학'에 보내곤 하였다. 통일문학가를 꿈꾸어 왔던 것을 펼쳐 보일 때가 왔다. 출판사에 근무하면서 받은 박봉으로 나 혼자는 그럭저럭 살아갈 수 있었다. 미래를 꿈꿀 수 있기에 행복했다.

5.18은 그 현장에 있지 않았지만 이산가족 2세대인 나와 연관이 되는 큰 사건이었다. 일어난 지 15년 만에 밝혔다. 이념이 같은 동족을 그렇게 잔인하게 많은 시민들을 죽일 수 있었던 것인가. 6.25은 온 국민이 겪었던 전쟁이고 5.18은 한 지역을 택해 정권 잡기위해 일어났던 작은 전쟁이었다.

사람이 사람을 죽이는 비극은 존재해서는 안 된다. 군인들이 정치를 하던 독재정권에서는 언론출판의 자유가 없었다. 이제부터는 걸림돌이 해결되었으니 마음 놓고 문학의 꿈을 이루기 위해서 최선의 노력을 해 보자.

독재자의 비자금이 밝혀지면서 국민들의 분노는 커질 대로 커져있었다.

살인을 많이 했었다는 소식도 사람으로서는 도저히 할 수 없다는 것을 그 독재자가 얼마나 잔인하고 사리사욕으로 꽉 차있다는 것을 증명해 주었다. 시끄러운 가운데 가을은 점점 떠나가기 시작하였다.

이 가을에 시선을 피해 숨어서 피는 가을꽃도 지기 시작하였고 은은하게 향기를 내뿜는 들국화도 때가 되어 시들어 가기 시작했다.

울긋불긋 단풍이 든 산도 낙엽이 되어 한 잎 두 잎 떨어지기 시작하였다. 곱게 단풍이 든 잎새 위에 찬 서리가 내렸다. 낙엽을 밟으며 문학에 대한 열정도 깊어만 갔다. 겨울을 재촉하는 가을비가 내린 뒤 낙엽은 다 떨어지고 마지막 남은 찬바람에 떨고 있었다.

앙상한 가지 위에 빨갛게 익은 감이 까치밥으로 달려있다. 계절을 바꾸기 위한 기온의 변화가 시작 된 것인지 비가 온 뒤에 더워지지만 비가온 뒤 추워지기도 한다. 어디에서 바람이 불어온 것인지 윙윙 소리를 내며 겨울로 들어서는 길목에 서 있다.

출판사에 다닌 지 3년이 되어간다. 출판사 교정을 보면서 가끔씩 혼자서 창작을 해 오기도 한다. 12월로 들어서면서 신나는 캐롤송을 들으며 마음이 들떠 있었다.

어느 날인가 직원들과 사무실에서 일을 하고 있는데 핸드폰으로 전화가 왔다.

"김진아씨, 핸드폰 아닌가요."

"예, 맞습니다. 제가 김진아인데요."

"예, 여기는 '월간문학'이라고 합니다. 11월에 보내주신 시 다섯 편이 신인상으로 당선이 되었습니다. 1월 달 월간문학에 실릴 예정이니 당선소감도 보내주세요. 이젠 문단 회원으로 인정되었으니 문인협회 모임에도 참석하시고 소정의 상금도 있습니다. 축하드립니다."

"예, 정말인가요. 감사합니다."

핸드폰을 끊고 사장님과 직원들에게 너무 좋아서 말을 했다.

"사장님, 나 등단했어요. 월간문학에서 전화왔어요."

"그래요, 축하해요. 진아씨."

"김 선생님 정말인가요. 축하드려요."

강선생님이 축하를 하자. 미스박도 한마디 했다.

"김선생님 정말 멋지세요. 이젠 문인이 되셨네요."

다사다난했던 한해도 저물어 가는데 나에게는 정말 뜻 깊은 한 해가 되었다.

'흰 눈 사이로 썰매를 타고 달리기 기분' 하고 은종소리에 노래가 울려 퍼져 나왔다. 기분이 날아갈 듯 최고로 좋았다. 크리스마스도 지나가고 송년회도 회사직원끼리 재미있고 의미 있게 무사히 지나갔다.

눈이 오는 겨울에 거실에 상을 펴 놓고 앉아서 나만의 글을 쓰고 있다. 몇 년이 걸릴 줄 모르지만 나의 책을 펴내기 위해 한줄한줄 영혼의 글을 써 내려갔다. 모두가 잠든 고요한 밤 나는 깨어서 한올 한올 뜨개질을 하듯 글로 옮겨서 유명한 작가로 거듭나기 위해 노력을 했다.

동생 성진이는 계속 집에서 반찬을 가져왔다. 아빠가 되어서도 변함없는 형제간의 정을 나누고 산다. 혼자가 되어서 이렇게 행복한 날이 올 줄은 몰랐다. 내가 할 수 있는 일이 있어서 따뜻한 세상을 호흡하고 살기에 세상은 살만한 가치가 있는 것이다.

8. 이산가족 찾기

　생명의 이파리가 되기 위해 나뭇가지에 돋아나는 새싹을 생각하며 봄은 또다시 우리 곁에 왔다. 서른여섯 번째 맞이하는 봄, 마음이 새색시마냥 설레인다. 아버지 나이는 예순 한 살 할머니 연세는 여든 다섯 살이시다. 올해에는 아버지 회갑잔치가 있는 해이다. 자식이 둘밖에 없는데 내가 불효를 하고 있다는 생각에 마음이 편치 않았다. 밖은 봄의 한 가운데 와 있었다. 매년 찾아오는 봄이지만 봄에 피는 꽃들은 화려하게 웃고 피어있다. 그런데 인생은 짧다. 잠시 피었다가 지는 꽃들이 안쓰럽기만 하다. 인간의 생명은 길어야 백년이다. 살아있는 동안 보람 있는 일을 하고 싶어서 선택한 것이 글쓰기다. 인생의 쓴맛을 보고 살아 있었다는 흔적을 남기고 싶다.

　나의 집 계단 밑 담장 옆에 있는 목련꽃이 우아하게 피었다. 봄비가 내려 꽃잎이 떨어졌다. 살랑살랑 꽃그늘 사이로 부는 봄바람, 온 세상에 따사롭게 반짝반짝 빛을 내며 내려 쪼이는 햇살, 자연의 혜택 이런 모든 것들이 하느님의 은혜가 하늘에서 내려온 것 같았다.

담장에 넝쿨 장미가 피어 해맑게 웃고 있다. 마음을 가다듬고 나도 가만히 마주 웃으며 바라보고 있다. 꽃들을 바라볼 수 있는 여유를 주심을 감사드렸다.

봄 어느 날 아들, 며느리가 아버지의 회갑 잔치를 열기 위해 친지들과 이웃들을 초대해 뷔페레스토랑에서 모였다. 친지들은 외갓집 외숙 외숙모, 이모 이모부, 외사촌들과 이종사촌들, 이웃들은 과일장사하면서 사귄 사람들이다. 성진이 회사 동료들도 초대했고 며느리 친구들도 왔다.

홀 문 앞에 들어서면 '김덕배 선생 회갑 잔치' 플랜카드를 써서 걸어져 있고 밴드들도 음악을 연주하며 흥을 돋구었다.

재미있는 프로가 진행되기 전에 가족사진도 기념으로 찰칵 찍었다. 사회자가 나와 순서대로 노래 부르고 게임도 하고 음악이 나와 모두 자유롭게 춤추고 흔들었다. 지금까지 생활고에 고생만 하셨으니 오늘은 모든 짐을 내려놓고 마음껏 마시고 즐기시라고 말씀하셨다.

11시부터 오후 3시까지 뷔페식당에서 마음대로 먹고 놀고 '인생은 육십부터'라고 덕담도 하였다. 이러한 날에 아이들이 없어서 나는 속으로 편치 않았다. 엄마 아빠 할머니 할아버지 사랑받고 커야 할 어린아이들이 결손가정 속에 받아야 할 상처 이런 것들 때문에 하루빨리 내가 성공하여 아이들을 데려와야지 하고 다짐하였다. 사무실 직원들도 와서 축하를 해주었다.

아버지는 회갑잔치를 마지막으로 과일장사를 그만두셨다. 올케가 아들 둘을 낳아 엄마 아버지가 아이들을 키우고 할머니 시중을 드시기 때문에 할 수가 없었다.

그래도 며느리가 잘 들어와 화목한 가정이 이루어졌다. 회갑을 치르고 아이들이 더 보고 싶었다. 지금 큰아이는 14살이라 중학교에 들어갈 나이다. 이제 사춘기일 터인데 어떻게 자랐는지 궁금하였다. 어느 날 둘째아이 초등학교 교문 앞에서 윤수가 나오기를 기다렸다.

"윤수야. 엄마다, 엄마."

"엄마." 와락 안겼다.

"엄마, 얼마나 보고 싶었는지 알아. 새엄마는 유라만 좋아해. 우리들이 싫은가 봐."

"그래도 집에서 형이랑 잘 지내야 한다. 윤수가 다 자라면 데리러 올게. 엄마하고 약속해."

윤수 손잡고 지수가 다니는 중학교 교문 앞에서 기다렸다.

"지수가, 엄마야. 많이 자랐네."

눈물을 감추고 두 아이 손을 잡고 피자가게에 들어갔다. 피자 한판과 콜라를 시켜 접시에 잘라 나누어 주고 아이들이 나쁜 길로 빠지지 않도록 말을 잘하였다.

"지수, 윤수, 엄마 말 잘 들어. 할머니 할아버지 말씀 잘 듣고 공부 잘하면, 이 다음에 다 자라 성인이 되면 엄마를 많이 볼 수 있어. 데리러 올게. 알았지, 싸우지 말고 사이좋게 잘지내야 돼."

"응, 알았어."

두 아이가 눈물 가득히 똑같이 대답한다. 날씨가 여름이 가까워 아이들 반팔웃옷과 청바지 등 옷가지를 사서 아이들 손에 들려보냈다.

아이들을 만나고 온 뒤 더 열심히 살기위해 발버둥쳤다. 햇살 가득히 맑고 고운 마음으로 세상을 헤쳐 나갈 수 있도록 힘주시라고 기도하였다.

6월의 바람은 시원하였다. 초여름이 잠시 피부에 와 닿는 촉감이 상쾌하였는데 하순부터 장맛비가 내리기 시작했다. 한 달이 넘게 비가 오락가락하였다.

긴 장마가 끝나자 뜨거운 햇볕이 찜통더위로 열대야가 일어났다. 저녁에도 식지가 않아 25도가 넘는 더운 밤에 잠도 오지 않았다.

햇볕은 여름 해시계 위에 바람을 날려 보냈다. 태풍이 불어오고 아무런 피해가 없었다. 오곡백과는 열매를 맺어 익어갔다.

나무 그늘이 시원하게 느껴졌다. 말복이 지나면서 아침저녁으로 서늘하여 더위는 한풀 꺾였다. 한 낮에는 땡볕이 내리쬐어 아직 여름이 머무는 곳에 가을의 기미가 엿보였다. 우리 집 담 옆에는 호박을 심어 넝쿨이 길다랗게 뻗어 주렁주렁 열매를 맺었다.

중간 크기의 호박을 주인집 아주머니가 따주어 된장국을 끓이고 나물을 해서 저녁밥을 먹었다. 가을이 왔어도 늦더위 때문에 에어컨을 켤 때가 더 많았다. 옥상 위가 복사열이 많아서 여름에는 더욱 덥고 겨울에는 더 추웠다. 금세 가을이 가고 겨울도 갔다. 그렇게 1년이라는 세월이 훌쩍 지나갔다.

1996년은 정초부터 대기업에서부터 부도가 연달아 터졌었다. 1997년은 대통령 선거가 있는 해이다.

국민소득 만불시대 선진국에 진입한다고 모두를 좋아서 목청을 높였는데 부도가 계속 연달아 터지더니 어느 날 갑자기 IMF

시대가 찾아왔다. 그것은 민주주의를 파괴하고 독재가 들어서면서 정경유착을 통해 재벌위주의 정책을 펴온 탓이다.

낙엽이 다 떨어진 나뭇가지 사이로 마지막 잎새가 남아 떨고 있었다. 앙상한 가지에 겨울바람이 불어와서 서민들의 경제는 더욱 꽁꽁 얼어붙어 춥고 배고픈 시절처럼 느껴졌다.

이 어려운 경제를 풀고 헤쳐나갈 수 있는 사람은 김대중씨가 할 수 있다라고 믿었다.

국민들은 12월 대통령 선거에 김대중씨를 많이 찍어 대통령 당선자가 되었다. 과거 대통령에 당선되었으나 부정선거로 인해 대통령을 할 수가 없었는데 감회가 새로웠다.

해가 바뀌어 1998년 2월 김대중 대통령 취임식이 있었다. 기업들이 경영난에 허덕이고 있고 국민들은 그 동안 과소비로 인해 달러가 바닥이나 세상이 어지럽기만 했다.

IMF시대, 이 생소한 이름이 지난 12월부터 월급은 동결되고 물가는 상승, 경제 성장률은 1~2% 하락, 엄청난 실업자가 생겨 가정과 정부 다함께 말할 수 없는 고통을 겪었다.

이 어려운 IMF시대를 결코 비관하지 않고 어려움을 이기고 눈부신 경제발전과 통일할 수 있는 국민의 힘과 저력을 세계에 보여 줄 수 있는 기회로 삼았다.

내가 겪어 보지 않았지만 배고픈 시절의 60년대 70년대를 생각해 조금이나마 더 어려운 이웃을 사랑하고 서로 돕도록 노력하였다.

길게만 느껴졌던 2년 동안의 IMF시대를 1999년 12월 3일에 드디어 졸업을 하게 되었다.

새로운 2000년대를, 새로운 천년을 시작하는 원년이 되었다. 내 자신을 생각해 보았다. 2000년 마흔 살부터 십년 뒤 이십년 뒤 나는 어떤 사람이 되어 늙어 갈 것인가?

등단을 하고 나의 책을 출판하기 위해 한줄 한 줄 영혼으로부터 나오는 글을 써나가고 있다.

출판사는 책이 잘 팔리지 않으나 기본적으로 나가는 책 부수가 있어 간신히 운영해 나간다.

새로운 시대에 자리 잡고 있는 컴퓨터 인터넷으로 보고 싶고 읽고 싶은 글들은 컴퓨터 안에 다 들어있어 베스트셀러로 팔린 책은 드물었다.

자기가 가지고 있는 재능 특기는 그 분야에서 1인자 최고가 아니면 살아남기가 힘든 세상에서 살고 있다.

새로운 천년의 봄도 어김없이 찾아와 보라매공원에 꽃을 피우고 비둘기 떼가 몰려다니며 구구구 모이를 쫓아 날고, 다람쥐 참새가 지저귀는 아름다운 정경이 펼쳐졌다.

연못벤치에 앉아 공중 위로 솟구치는 분수대의 물줄기를 바라보며 새로운 별천지에서 사는 사람들의 얼굴에서 묻어나오는 웃음 가득히 미래는 밝아왔다.

텔레비전 뉴스에서 2000년 6월 13일 남북 정상회담을 한다고 특별보도로 온 나라가 기쁨으로 들떠 있었다. 이어서 8월 15일 전후로 남북이산가족을 찾는다라는 큰 보도가 있었다. 그 얼마만의 일이던가?

"어머니, 이산가족을 찾는 다네요. 적십자사에 신고해야겠어요. 어머니가 꿈에 그리는 아들딸들을 만날 수 있어요. 아버지는 살아계시는지."

"뭐라고, 이산가족을 찾는다고. 죽지 않고 사니까 이런 날이 오는구나. 하느님도 야속하시지, 죽을 날이 얼마 남지 않았는데."

"어머니, 죽었는지 살았는지 알 수만 있어도 괜찮겠네요. 어머니가 평생 그리워하면서 사셨는데."

아버지는 이번 이산가족 찾기에 대상에 들어가는지, 평양에 가서 만나는지, 서울에 와서 만나는지 알아보고 다니셨다. 2000년 짧은 봄은 가고 초여름의 상큼한 냄새가 좋은 꽃향기가 진동한 기분 좋은 시기가 왔다.

그렇게 2000년 6월은 참으로 위대하고 찬란했다. 저 푸른 창공은 북으로 갈 수 없었는데 갈 수 있는 하늘의 길이 열렸고 우리와 똑같은 민족을 남으로만 여겨 왔던 평양이 우리의 땅이요 우리 동포가 살고 있는 오천년 역사가 함께 숨 쉬어 온 그러한 삶이 우리의 가슴 깊숙이 박히고 따뜻하고 다정다감한 목소리는 너무나 긴 세월 여기에 왔다. 그 함성 그 자체였다. 분단의 아픔은 상처가 아물고 새살이 돋아나듯 그 아픔은 평양방문으로 종지부를 찍고 그토록 꿈에 그리던 만남의 순간으로 이어지는 이산가족 재회가 8.15 광복절 전후로하여 오고 갈 수 있는 시대가 되었다.

55년의 분단이 두 시간도 못되는 거리를 갈 수가 없어 그토록 애태우고 가슴아파하고 고통의 세월에서 하나님은 참으로 만남의 승화로 새날 아침에 큰 선물로 우리 7천만 국민에게 가져다주었다.

김대중 대통령과 김정일 위원장이 서명한 6.15 선언을 내용으로 한 정책을 채택하였다. 전쟁이 아니라 평화통일할 수 있는 기틀을 마련하였다. 이제는 적이 아니라 서로서로 돕고 협력하는 사이로 크게 발전을 하였다.

엄마와 아버지는 고모들과 삼촌이 남쪽 서울로 이산가족을 찾기 위해 내려왔다는 소식을 들었다. 온 집안 식구들이 행사로 이산가족을 단체로 만날 수 있다는 사실에 너무 들떠 있었다.

북한은 겨울이 너무 춥기 때문에 선물로 겨울에 따뜻하게 입을 수 있는 두꺼운 오리털 파카를 사기도 했다. 몇 벌씩 옷을 사고 몇 년이 된 인삼주와 달러를 바꾸어서 요긴하게 북한에서 살림에 보탤 수 있게 여러 가지 선물을 준비해두었다. 할머니는 눈물 가득히 그리운 사람을 만날 수 있다는 사실이 현실이 되기만을 기다리고 기다렸다.

드디어 8월 14일 광복절 전날이 되었다. 북한에서 고려항공기가 이산가족 약 200명 정도 실고 인천국제공항에 내렸다. 그리고 남한에서 약 200명 정도가 날아왔던 고려항공기를 타고 평양순안공항에 내렸다. 정해진 버스를 타고 이산가족찾기 행사장으로 직행했다.

우리가족은 모든 준비를 하고 할머니를 모시고 행사장에 미리 나와 기다리고 있었다. 그런데 출판사 사장님도 우리가족을 따라왔다.

사회자가 푯말을 들고 들어온 순서대로 소개하였다. 드디어 이산가족 만남이 시작된 것이었다. 차례대로 들어오기 시작했다. 푯말에 남한의 어머니 김자영, 큰아들 김덕배, 북한의 큰 딸 김영자, 작은 딸 김덕자, 작은 아들 김성배라고 크게 써서 들고 들어왔다.

반갑습니다. 형제여러분 북한에서 유행하는 휘파람 등 몇곡 노래가 흘러나오는 것이 멈추고 사회자가 물었다.

"누구를 만나러 왔습니까?"

"꿈에 그리는 어머니, 남동생 김덕배를 만나러 왔습니다."

"어떻게 헤어졌습니까."

"전쟁이 일어나 남쪽으로 피난을 갔습니다. 국군을 따라 평양이 집인데 집에 돌아왔습니다. 외가가 개성이었습니다. 1.4후퇴를 하자 개성까지 내려왔는데 어머니가 큰 아들이 아파 어머니하고 큰형님 김덕배가 서울 병원에 가기위해 먼저 서울로 내려가고 아버지가 늦게 돌아와 딸 둘하고 막내아들하고 서울에 내려오지 못하고 삼팔선이 갈라졌습니다. 그렇게 헤어졌습니다."

"누이, 나 김덕배요. 어머니 여기 왔소."

서로 끓어 않고 목 놓아 울었다. 한참을 울고 나서 진정을 찾고서

"어머니 큰절 받으세요." 여섯 명이 절을 올렸다.

"아버지는 어떻게 되셨느냐."

"그렇게 어머니와 장남을 보고 싶어 하셨는데 작년에 돌아가셨어요." 작은아들 말에 다시 손수건으로 눈물을 닦았다.

"어머니, 사위들과 며느리 소개해 드릴께요. 이쪽은 영자누나 남편 큰사위 박진영, 덕자누나 둘째사위 이재덕이고, 막내아들 내 아내 부숙자라구요. 여기 손자 손녀들 아버지랑 찍은 사진 가져왔어요."

사진을 보고 다시 소개드렸다. 모여서 울다가 기뻐서 웃다가 호텔행사장에서 나온 저녁을 서로 이야기하면서 먹고 나서 정해

진 숙소로 올라갔다.

식구들이 응접셋트에 앉기도 하고 바닥에 앉아서 이야기가 끝 날줄 모르게 그 동안의 회포를 마음껏 풀었다.

"누나들, 성배야. 우리가족 소개할게. 이 사람은 내 아내 신정숙이고 아들 김성진, 며느리가 신성영 중학교 선생이다. 딸 김진아, 나는 과일장수를 했어. 자식 둘 대학까지 가르치고 집도 사고 남부럽지 않게 잘 살고 있어. 지금은 손자 둘 키우는 재미로 시간 가는 줄 모른다고."

그 동안 쌓인 이야기로 밤새는 줄 모르고 새벽에 한 두 시간 자고 날이 밝았다.

오늘은 서울 시내를 관광하기로 한 날이다. 아침을 먹고 간단한 옷차림으로 한강유람선도 타고 여의도 63빌딩도 가고 남산에 올라 서울 시가지를 한눈으로 바라보기도 하였다.

"서울이 많이 발전했다."고 칭찬을 많이 하셨다. 서울구경을 하고 돌아와 이틀 밤을 이야기를 많이 하고 또 하지만 오십년의 세월에 비하면 너무 짧았다.

2박3일의 짧은 만남이 헤어지기가 싫었지만 시간은 떠나야 할 운명처럼 다가왔다. 선물을 교환하고 다시 끌어안고 한참을 울었다.

"통일이 될 때까지 살아 있어야 한다." 덕자 고모가 말씀하신다."

"어머니, 우리 모두 다시 만나요. 그때까지 건강하게 잘 있어요."

손수건으로 눈물을 닦으며 버스가 떠나가는 것을 지켜보았다.

음악이 흘러나왔다. 버스가 보이지 않을 때까지 손을 흔들며 아쉬움이 마음에 남아 꿈인지 생시인지 모를 정도로 시간은 황급히 흘러 현실은 일상으로 돌아왔다. 하늘은 맑은 햇살로 더위는 한 풀 꺾여 아침저녁으로 시원했다.

9. 새로운 만남

문단에 등단을 하고 5년이 되어 소설「남과 북」이 나오기 위해 지금은 워드로 정리하기에 바쁜 시간을 보내고 있다. 느린 속도로 타자를 치고 교정보면서 만족감으로 충만해 있었다. 밖은 계절이 변화되기 위해 짙은 녹색이 채색되기 시작하고 어디에서 불어오는지 가을바람이 시원하게 불어와 열매 맺기에 더욱 좋은 온도로 한낮에는 햇볕이 뜨거웠다.

맑고 높은 하늘 그 아래 익어가는 가을, 바쁜 일상생활에 느껴보지 못한 기쁨이 나의 집에 조그마한 텃밭에 깃들어져 있었다. 옥상위에 가꾸고 있는 화분이 가을꽃을 피워냈다.

퇴근하고 집에 돌아오면 가을꽃 화분에 물을 준다. 아침에도 물을 준다. 꽃향기가 옥상에 가득히 멀리까지 날아간다. 짝짓기를 마쳤는지 여름내 매미우는 소리가 시끄러웠는데 지금은 조용하다. 간혹 귀뚜라미 우는 소리가 들린다.

파란하늘은 구름 한 점 없었다. 밤에는 별이 보인다. 은하수 다리건너 견우성과 직녀성도 보인다. 북두칠성 사자자리도 보인다.

너무나 아름다운 밤, 나에게는 너무 좋은 일이 기다리고 있었다. 풀벌레 우는 소리, 텔레비전에서 흘러나오는 음악소리, 기분 좋은 밤 깊어가는 가을밤이 내 생애 전환점으로 인생이 밝아온다. 누구에게도 구애받지 않고 나의 발전을 위해 시간을 투자한 결과 한권의 책을 엮을 수 있으니 너무 보람 있는 일을 했다. 나는 아무것도 생각하지 않았다. 현실에 충실할 뿐 지나간 과거에 연연해 있거나 집착하지 않았다. 내가 노력해서 이루어 낸 성공이 나의 것이지 남의 돈을 생각하면서 탐을 내는 속된 인간이 아니었다. 누구보다 순수하고 맑은 영혼을 소유하고 있는 참된 인간이 되고자 마음속에 보이지 않는 곳에 숨쉬고 있는 양심의 소리를 듣고 사회에서 꼭 필요로 하는 사람이 되었다.

모든 과정을 무사히 통과하고 「남과 북」 소설책이 나오게 되었다. 너무나 원하고 갈망하던 꿈이 이루어진 것이다. 마흔이란 중년 불혹의 나이에 내 생애 최고의 날이 되었다. 모두들 기쁨을 같이 나누었다. 특히 출판사 사장님이 출판기념회를 멋있게 꾸며주기로 했다.

내면에 감추어진 상처가 아물어지고 새살이 단단하게 돋아난 것 같은 기분이 한동안 머물렀다.

글 쓰는 고통이 한줄한줄 쓰여 지는 정신적인 고통이 말 할 수 없이 컸는데 한 권의 소설이 탄생하니 그 고통은 순식간에 사라지고 기쁨이 몇 백배 찾아왔다.

뜨락에 단풍이 곱게 물들기 시작했다. 시월 중순경에 책이 나와 도매를 거쳐 서점으로 책이 배포되었다. 책이 나오자마자 불티나게 팔리기 시작했다. 시작이 좋으니 베스트셀러로 1위에 오를거라는 예감이 마음을 풍성하게 만들었다.

"진아씨, 시월 말에 출판기념회를 열기로 장소를 정했어요. '대림웨딩홀'에서 점심을 뷔페로 하고 그 전에 식순이 있어요. 초대장을 만들었으니 친지나 지인들 모시고 그동안 고생 많이 했으니 잘 부탁드린다는 뜻으로 잔치를 베풀면서 사인을 해주는 시간도 있어요."

"사장님 고마워요. 사장님이 있었기에 여기까지 왔어요. 앞으로도 잘 부탁드립니다."

"진아씨는 참 예쁜 사람입니다. 마음이 너무 예뻐요. 반했어요."

"과찬의 말씀 기분이 좋네요. 사장님은 말로 기분 좋게 하는 마력을 지녔어요."

"하하하, 유쾌하게 웃자구요."

"호호호……."

서로 행복해 하면서 웃음이 끊이지 않았다.

활동하기에 알맞은 계절 시월 시린 가슴에 대성공을 가져다 줄 책자 「남과 북」 김진아 소설가의 출판기념회라고 크게 써서 앞에 걸어놓았다.

문인들 출판사 직원일동 친지 이웃들이 자리를 함께해 축하해 주었다. 강세운씨가 사회를 보고 출판기념식을 하였다. 식순에 의해 김진석 사장님의 축사가 있었다.

"사랑으로 인해 상처 받고 또 사랑으로 치료받고 서로 부딪끼고 사는 인생은 참으로 아름답습니다. 우리 김진아씨는 모든 어려움을 이겨내고 굿굿하게 홀로서기에 성공하였습니다. 아직 살아가야 할 시간이 더 많은 김진아씨의 인생길이 문학으로 많은 좋은 작품들을 남길 수 있도록 힘이 되어 드립시다. 이 자리를 빛내 주시는 여러분의 성원에 깊은 감사의 말씀을 드립니다. 마음껏 드시고 덕담을 서로 나눕시다."

"다음은 김진아 선생님의 소감을 듣겠습니다. 단상에 올라오시면 그 동안 고생을 많이하시서서 이룬 성공에 격려와 앞으로 더 좋은 작품으로 보답하시라는 뜻으로 많은 박수 부탁드립니다."

"가슴이 벅차오릅니다. 무슨 말부터 해야 할지 말문이 막혀 한참 생각했습니다. 먼저 사장님의 헌신적인 사랑으로 이 자리에 설 수 있도록 키워주신 내 생애에서 만난 사람 중 최고의 은인입니다. 인생을 향해 하다가 암초에 부딪쳐 방향을 잡지 못했을 때 앞길을 갈 수 있도록 등대 역할을 해주신 고마운 분입니다. 그리고 딸자식이 잘못될까 노심초사 걱정해주시고 기도해 주신 부모님, 우리가족은 제가 지금까지 살 수 있었던 힘이 되었습니다. 앞으로 멋있는 소설가로 거듭날 수 있도록 최선의 노력을 다 하겠습니다."

우레와 같은 박수소리로 한동안 웅성거렸다.

한쪽에 음식이 마련되어 줄을 서서 접시에 먹고 싶은 음식을 가져다가 마음껏 먹었다. 손님들이 많이 오셔서 여유있게 준비를 하였다. 나는 자리에 앉아서 사인을 해주었다. 봉투에 정성껏 책값을 준비해 넣어주신 분이 있는가 하면 그냥 사인만 부탁하시는 분도 있었다. 이런 행사를 할 수 있었다는데 의미를 두었다.

오후 다섯 시가 되어 마무리가 되었다. 김진석 사장님은 오늘

무슨 일이라도 생긴 것처럼 생글생글 웃으면서 말을 걸어왔다. 마흔 송이 빨간 장미바구니에 안개꽃으로 장식을 한 꽃바구니가 배달이 되었다. 꽃바구니에 편지를 써서 데이트를 신청해 왔다. 칠년 동안 같이 일해 오면서 사람 됨됨이와 따뜻한 정이 느껴지는 정말 좋은 사람이라고 생각했었다.

"우리 한 번 나이도 들 만큼 들었느니 남은 인생을 설계하기 위해 정식으로 사겨봅시다."

나는 이 나이에 이렇게 큰 행운이 따라올까. 우리 사장님은 처녀한테 장가들어도 될만큼 능력이나 모든 것이 갖추어진 사람이다. 그 동안 나를 대하는데 소홀히 하지 않았는데 이렇게 생각해 주시니 너무 감사할 따름이다.

나는 너무 좋아 내색하지 않았으나 밖으로 좋아하는 마음이 저절로 나타나 보였다. 사양치 않고 사장님을 따라갔다.

"우리 정서에 맞는 서민적인 음식을 먹읍시다."

"예, 그러는게 편해요. 막걸리 어때요. 머릿고기에."

"좋지요. 내가 잘 아는데 있어요."

보기와는 달리 성격이 소탈한 사장님은 터프했다. 까다로운 것보다 모든 것을 긍정적으로 생각하고 자상한 면이 있어 나이가 차이나지만 별 문제가 없었다. 손을 잡더니 팔을 끼라고하셨다. 다시 젊은 이십대처럼 마음이 설레이기 시작했다. 가슴이 콩당콩당 뛰었다.

택시를 잡아탔다. 번지막순대국집에 내려서 걸었다. 문을 열고 들어서니 종업원들이 반기면서 맞이하였다. 이런 곳에 올 기회가 없었는데 사장님을 따라서 처음으로 들어왔다.

"진아씨, 진석씨라고 불러요. 알았지요."

그리고 안주와 막걸리를 먼저 시켰다. 깍두기와 배추김치는 알맞게 익어 작은 항아리에 담겨 있었다. 접시와 고추된장 새우젓과 시킨 막걸리가 안주하고 나왔다. 나는 깍두기와 배추김치를 접시에 담았다. 사장님이 막걸리를 따서 잔에 따랐다. 텁텁한 술이 오늘은 땡겼다. 서로 건배를 하고 한 모금씩 마시기 시작했다.

"책이 팔리기 시작하니 1년 동안은 찍어내기에 바쁠겁니다. 1년 동안 데이트하고 사귀다가 결혼합시다. 이젠 혼자서 살기가 싫어요. 이력났어요. 어머니 건강이 안 좋아서 내 뒷바라지도 못하고 아들은 고등학교에 다녀요. 이젠 가정을 갖고 싶어요."

나는 잠자코 듣고 있었다. 긍정적으로 대답만 했다. 막걸리 한 모금 마시고 살코기를 새우젓에 찍어 먹고 깍두기를 곁들어서 집어 먹으니 맛이 서민적인 음식으로 어우러져 좋았다.

국밥에 공기밥 하나를 더 시켜 국에 말아서 나누어 먹었다. 저녁을 먹고 대화를 하다가 집에 데려다 준다면서 일어섰다. 걸어서 집에 와 텔레비전을 켜보니 뉴스하는 시간이었다.

커피를 마시자 하면서 커피 물을 올려놓고 커피를 탔다. 알맞은 온도에 적당한 물을 붓고 저었다. 커피향기가 주방에 진동했다. 탁자에 마주앉아 우리는 커피향기를 음미하며 우리 인생을 다시 시작하자고 다짐했다.

시간이 흐른 뒤 집으로 돌아갈 때가 되었으나 우리는 헤어지기 싫었다. 포옹을 한 뒤 볼에 키스를 하였다. 보이지 않을 때까지 손을 흔들다 집에 들어갔다.

출판사에서는 책 「남과 북」을 찍어내는데 바빠 있었다. 입소문에 의해 계속 팔려나갔다. 그런 와중에도 진석씨와 나는 퇴근시간이 되면 같이 데이트를 하고 밥을 같이 먹고 집까지 데려다주고 아기자기하게 서로 사랑하는 커플이 되었다.

이런 분위기는 오래도록 서로 얼굴 마주보고 한 사무실에서 일을 같이하여 호흡이 잘 맞고 서로 성격이 비슷하였다. 공통점이 많아 의견이 틀려 다툰 적은 거의 없었다.

계절의 변화에도 느끼지 못할 정도로 바쁘게 일상이 순조롭게 잘 돌아갔다. 인쇄를 찍을 때마다 인세가 선불로 들어와 통장이 점점 불려져갔다. 글 쓰는 재미가 새록새록 생겨나고 만족감이 엔도르핀으로 전환되어 생애의 전성기가 시작되었다.

부모님을 위해 효도관광도 금강산으로 보내드리고 용돈도 듬뿍 드렸다. 친정과 이웃을 도와드릴 수 있는 형편으로 바뀌어서 기분이 매우 좋았다. 주는 기쁨이 무엇인지 알 수 없었는데 이렇게 짜릿하고 유쾌한 줄 예전엔 몰랐었다. 단풍이 곱게 물이 들고 단풍구경가자고 진석씨가 졸랐다.

"일이 바쁘니까 가까운 관악산으로 김밥싸가지고 단풍 보러 등산 가자구요."

"예, 이번 주 토요일 어때요? 먹을 것은 내가 준비해 갈께요."

"좋아요. 둘이만 가요."

점심을 먹고 커피를 마시면서 사무실 직원들과 대화를 하였다.

"강세훈씨와 박지연씨가 가까운 사이가 되었어요."

"매일 얼굴을 보고 사니까 정이 들었지."

"토요일에 넷이서 동행할까, 어때?"

진석씨 말에 좋아하면서 같이 가자고 맞장구를 쳤다.

출판사는 바쁘게 돌아가지만 주말에는 쉴 수 있어서 여행도 하룻밤 자고 올 수 있는 곳으로 갈 수 있어 좋았다.

밖은 노랗게 빨갛게 물이 들고 한잎 두잎 낙엽이 되어 떨어지는 멋있는 계절이 우리 곁에 왔다. 등산복 차림으로 배낭을 메고 토요일 아침 집을 나섰다. 관악구 서울대학교 교문에서 만나기로 약속을 했다. 아침에 일찍 일어나 김밥을 싸고 음료수 등 맛있는 커피를 타 보온병에 담았다. 인스턴트커피지만 향기가 그럴싸하게 집안에 가득했다. 아홉시 반에 버스를 타고 열시경에 만나는 장소에 내렸다. 진석씨는 청바지에 조끼를 입고 왔다. 4명 모두 청바지차림이었다. 관악산에는 단풍이 절정에 닿았다. 가을바람이 피부에 닿는 느낌이 싸늘하고 땀이 나와 조금은 덥고 시원하였다.

"단풍 색이 곱고 공기도 맑아 기분이 좋아요."

"굿, 굿이에요. 이렇게 좋은시간 같이 할 수 있는 날이 많을 거예요."

산 중턱에 잠시 쉬어가기 위해 멈추었다. 따끈한 커피를 마시기 위해 보온병 뚜껑을 열었다. 종이컵에 가득 커피를 따라 맛을 음미하며 마셨다.

"사장님하고 김선생님이 결혼하시면 우리도 따라서 결혼할 겁니다. 이렇게 호흡이 척척 잘 맞는 커플인데 한평생 같이 살아도 별문제 없을 것 같아요."

서로 마음이 통한 사람들이 부대끼고 사는 것이 싫증내지 않고 남을 위하고 배려하는 것이 먼저다 하고 생각했다.

계곡이나 산속에 떨어지는 가랑잎들은 땅속에 거름이 되기 위해 흙과 뒤범벅이 되어 섞어간다.

정상까지 사람들의 발길은 끊임없이 이어져 길 다니기 좋게 만들어졌다. 산 위에 다 올라와 서로 편하게 앉았다. 내가 싸온 김밥을 풀었다. 시장기가 돌아 나무젓가락으로 집어 맛있게 먹었다. 후식으로 싸온 과일을 먹었다. 캔으로 된 음료수와 물도 시원하게 마시는 맛이 일품으로 좋았다. 올라갈 때 2시간, 점심 1시간, 내려올 때 약 2시간이 걸렸다. 버스 정류장에서 두사람씩 짝이 되어 헤어졌다. 재미있는 시간을 보내고 나는 진석씨와 같이 집으로 향했다.

가을이 뜨락에 머물다간 자리에 낙엽이 우수수 떨어진다. 진석씨와 시간을 같이 보내다가 가고 나 혼자 남아 있었다. 음악을 틀어놓고 커피 향기를 마시며 지금까지 내가 살아온 삶을 돌아본다. 새로운 작품을 구상하기에 여념이 없다. '이제부터는 다시 새로운 시작이다' 기대에 어긋나지 않는 멋있는 소설가로 사회에 보답하겠다, 다짐도 해본다. 스쳐 지나가는 바람이 윙윙 소리를 내다가 다시 먼 데로 가 버린다. 겨울을 재촉하는 비가 내린다. 거리에는 낙엽이 떨어져 예년처럼 미화원 아저씨들의 손길이 분주해진다. 중년이란 나이에 결혼, 재혼 할 사람을 만난다는 게 어려운 일인데 나와 남은 인생을 같이 할 수 있는 좋은 사람이 내 옆에 있어주어서 너무 행복하다.

마지막 하나 남은 나뭇잎은 지고 긴 겨울을 나기 위해서 겨울 옷을 입는다. 겨울이 온다하여도 춥지가 않았다. 경제적으로 자립을 하고 사랑하는 사람이 있어서 그러한가 보다. 몇 년 전에는 성탄절이 오면 거리에 신나는 캐롤송이 울려 퍼지고 시끄러웠는데 지금은 실직자가 많이 생기고 어려운 사람이 많아 예수님 생일도 조용히 왔다 조용히 간다.

지난번에 보고 전화도 자주하고 하는 은숙이 부부가 이번 주 토요일에 놀러온다고 약속을 잡아 놓았다.

아이가 유치원에 다니는데 시어머니가 봐주어서 한결 사는데 편하다고 자랑하는데 부러웠다. 토요일 점심때가 되어 은숙이와 기철이가 찾아왔다.

"우리가 만난 지 출판기념회 때 보았지. 정말 그 때에는 대단했어. 너는 꼭 해낼 거라고 믿었어. 대성공이야."

"너무 고마워. 너희들이 없었으면 나는 어떻게 됐겠니? 좋은 친구들이 있어서 행복해."

"선배님, 좋은 소식 없어요. 돈도 벌었으니 장가가야지."

"하하하, 듣기 좋은 소리를 하는 군, 빨리 결혼하고 싶어. 어머니 건강도 좋지가 않아. 이젠 따뜻한 가정을 갖고 싶어."

불고기를 사가지고 양념을 해서 재워두고 상추, 마늘, 풋고추, 오이, 야채를 씻어 바구니에 담아두었다. 된장에는 고추장과 설탕 약간, 깨와 마늘을 찧어서 넣고 만들었다. 밥통에 쌀을 씻어서 단추를 눌러 두었다. 고기를 후라이팬에 굽는데 지글지글한 냄새가 집안에 가득했었다. 넷이서 맛있는 점심을 먹으면서 즐거운 한 때를 보내고 있다. 커피를 후식으로 개운하게 블랙으로 타 마시면서 이런저런 이야기를 나누며 올해에는 좋은 일로 시간 가는 줄 몰랐는데 내년 봄에는 다시 새출발하라고 서로 덕담을 해 주었다.

모두 돌아가고 혼자서 잠자는 시간에 음악을 듣는다. 서로 기대고 살기 때문에 외롭지 않았다. 마흔이란 불혹의 나이다. 내가 사랑하는 로멘스 즐거운 분위기에 취해 슬며시 잠이 든다. 추운 겨울을 향하여 바람은 세차게 불어왔다.

즐거운 크리스마스 한해가 다해가는 은종소리를 들으며 신나는 캐롤송을 불러본다. 올해에는 참으로 뜻 깊은 해이다. 눈이 내린다. 하얀 눈이 송이송이 하늘에서 내려온다.

연말이다, 망년회다 하면서 출판사 직원들과 회식자리가 많았다. 마지막 밤 제야의 종소리를 들으며 또 다른 세계에 또 다른 꿈을 향하여 나래를 힘차게 펴 본다.

10. 재혼

대지 위에 아지랑이가 아른아른 피어나는 봄이 되었다. 땅속에서는 한알의 밀알이 섞어서 새싹이 터져 나오기 위해 변화를 꿈꾸고 있었다. 밝아오는 희망의 봄날의 새록새록 새롭게 태어나는 느낌이었다. 마음을 비우고 새롭게 하소서. 모두를 위해 기도하게 하소서.

살랑살랑 부는 봄바람이 피부에 닿는 촉감 향기로운 냄새가 후각을 자극하여 기분을 승화시켜 봄을 만끽하게 한다.

봄은 해마다 찾아오는 것이지만 유난히 각별한 것은 사랑해주는 사람이 옆에서 보살펴 주기 때문이다. 기쁨과 슬픔을 같이 할 수 있는 사람이 있다는 것은 이 세상 살아 볼만한 가치 있는 삶이라 생각한다.

한 번은 실패했지만 그 다음은 성공적으로 잘 살아야 한다. 언제나 마음속으로 다짐하는 말이다.

떡잎이 돋아나서 작은 잎새로 자라는 과정은 정말 신기하다. 산에 들에 엷은 녹색 연한 연두색이 충만히 빛날 때 산새가 지저

귀고 종달새 소리높여 어서 오라고 어서 같이 가자고 손짓한다. 생명이 살아서 숨 쉬는 봄 우리의 인생도 다시 시작한다.

8년간 출판사에 근무하면서 보아왔지만 이렇게 좋은 사람을 찾기란 드문 일이었다.

어느날 밤 커피숍에서 데이트하기 위해 만나기로 약속을 했다. 시간에 맞추어서 커피숍으로 들어가는데 갑자기 주위에 전등불이 꺼지고 다시 켜지더니 촛불로 하트모양을 그려 감미로운 음악이 흐른 뒤 진석씨가 무릎을 꿇고 장미꽃으로 결혼을 신청해 왔다.

"진아씨, 나와 결혼해 주세요. 몸이 부서지라 사랑하겠습니다. 너무 사랑해."

감동적인 이벤트로 결혼신청을 해오니 신중하고 신중하게 생각해 온 터이라 승낙을 했다.

"이 험한 세상을 혼자가 아니라 둘이서 헤쳐나가요. 죽음이 갈라놓을 때까지 헤어지지 않고 재미있게 살아요."

기쁨은 나눌수록 배가 되고 슬픔은 나눌수록 절반으로 준다. 나의 성공의 기쁨을 알고 있는 지인들 이웃들과 같이 한다. 행복한 밤 꿈만 같은 현실이 내 앞에 펼쳐졌다.

주말이 되면 부모님께 인사드리러 가자고 했다. 앙상한 가지에 새순이 나기 시작하던 3월 우리는 결혼한다고 정식으로 인사 간다고 어른들께 드릴 간단한 과일바구니를 사서 들고 토요일 오후 집에 찾아왔다.

"어머니, 아버지. 절 받으세요. 사위라고 생각하시고 이제부터 효도관광도 보내드리고 용돈도 많이 드리겠습니다.

인사를 큰절로 하자 부모님께서도 반절로 받으시고 특히 엄마가 좋아서 어찌할 줄을 몰랐다.

"결혼식은 어떻게 할 텐가?"

"한번씩 식을 올린 사람들이니 한복 양복을 입고 파티식으로 케익도 자르고 양가 친지들 모시고 점심을 먹으며 이런저런 이야기도 나누고 편하게 치를 겁니다. 어때요, 진아씨 그리고 어머니. 진아씨 생각이 제일 중요해요."

"자네들이 좋은대로 하게."

"나도 그렇게 했으면 좋겠어요."

마음이 통한 사람들끼리 서로 상의해서 결정했다. 저녁에는 온 가족이 모여 집에서 음식을 해 같이 먹었다.

"어머니께는 언제 인사가실 생각이세요?"

"어머니가 편찮으셔서 병원에 입원했어요. 돌아가시기 전에 결혼하는 것 보고 싶으시다 하셔서… 제 뒷바라지를 많이 해주셨는데 손자도 챙겨주시고…."

"어머니가 편찮으시다니 병원으로 찾아가야겠네요."

시어머니께 인사가자는 약속을 하고 저녁을 먹고 놀다가 집으로 돌아갔다.

그날 밤은 엄마와 같이 이야기를 하다가 엄마 곁에서 잠을 잤다. 진한 감동으로 잠을 이루고 아침이 되어 평소 때와 같이 회사에 출근했다.

매일 맞이하는 하루가 재미있고 빠르게 시간이 가는지 밖은 엷은 녹색의 나뭇잎이 봄바람에 나부끼고 약간 추운 꽃샘추위가 찾아오지만 따뜻한 봄 햇볕에 마음이 밝아왔다.

싱그러운 향기가 맑은 보라매 산에서 흘러나와 날아오는 것 같았다. 하느님은 슬픔만 주는 분이 아니다. 견딜 만큼의 시련을 주지만 물질의 축복까지 한없이 주신다는 것을 깨달았다.

'인생은 짧지만 예술은 길다' 인생이 짧다고 생각하면 한 없이 짧다. 그러나 예술을 하면서 죽기 전까지 글을 쓴다고 생각하면 길다. 마흔 하나에 새출발하면서 인생의 골인지점이 언제일지 모르나 현대의학으로 구십까지 살 수 있다면 오십년을 같이 할 수 있는 삶이다. 짧은 인생을 길게 살 수 있는 건강한 생활을 할 수 있도록 도와주시라고 기도를 했다.

사람은 한번 태어나면 반드시 죽는다. 짧은 삶을 글을 써서 좋은 작품으로 남긴다면 작품과 이름이 영원히 남는다. '호랑이는 죽으면 가죽을 남기고 사람은 죽으면 이름을 남긴다'라는 명언이 있다. 이 세상에 존재했다는 기록을 써서 남긴다면 이 세상에 영원히 이름이 남는다면 더 바랄게 없다.

3월말경 토요일에 시어머니 되실 분을 찾아뵈려 진석씨를 만났다. 큰 병원에 입원해 계신 어머니가 드실 수 있도록 전복죽을 전통죽 집에서 샀다.

"어머니께서 어디가 많이 편찮으신가요."

"위가 좋지 않으셨는데 위암말기로 병명이 나왔어요."

"그럼 살 수 있는 시간이 얼마나 되는가요."

"삼 개월, 어떻게 할 도리가 없어요. 수술할 수 있는 시간이 지났데요. 그렇게 아프셔도 참고 말씀이 없으셨으니 자식 된 내가 불효를 하고 있어요." 울음 섞인 말을 흐리곤 했다.

"어머니 마지막 소원이 짝을 만나 결혼하는 것 보시고 싶대요.

결혼을 서두르는 것도 이 때문이죠."

진석씨의 승용차를 나란히 타고와 병원 주차장에 차를 세웠다. 엘리베이터를 타고 일반병실로 올라갔다.

"어머니, 며느리감 데리고 왔어요."

"어머니 안녕하세요. 김진아라고 해요."

"아유, 내 며느리 왜 이제 왔어. 일찍 오지 않고, 내가 너를 보려고 간밤에 꿈을 잘 꾸었나 보다."

"준서야, 어머니 될 분이다. 인사해라."

"안녕하세요. 아줌마."

"고등학교 3학년이에요. 대학에 진학해야 되는데 잠시 왔어요. 사춘기가 지났으니 걱정하지 말아요. 엄마있는 아이들이 얼마나 부러웠는데 잘 할께요."

"어머니, 죽 좀 드시겠어요."

"어머니 잡수시는 것 보고싶어요."

나는 죽을 그릇에 따라 수저하고 앞에 놓아드렸다. 간병인 아주머니가 옆에서 시중을 들었다. 죽을 한 그릇 비우시는 것 보고 어머니 곁에 진석씨 아들 준서 그리고 내가 있다가 잠이 드시는 것 보고 돌아왔다.

양가에 인사를 드리고 결혼할 날짜를 잡았다. 5월 오일이 좋은 날이라고 생각되어 상의해서 결정을 했다.

책을 많이 팔아 꽤 돈을 많이 벌었다. 어머니와 아들과 살던 집을 팔고 아파트로 이사하기 위해 집을 보러 다니기로 했다. 잘사는 부자 동네도 있다지만 나무가 많고 서울의 도심 속에서 맑은 공기를 마실 수 있고 쉬기 편한 교통이 좋은 여의도에서 새출발하자고 했다.

여의도 윤중로에 갈색의 나무에서 벚꽃이 한망울 두망울씩 피기 시작했다. 국회의사당에 갈 수 있는 도로에 가로수 나무가 꽃이 피는데 너무 아름답고 연분홍색 꽃잎이 바람에 날려 낙화하는 장면이 한 폭의 그림같이 어여뻤다.

여의도 공원에는 나무가 녹색이파리가 나오면서 피는 꽃들로 또 회사와 상가가 많아 사람들로 북적댔다.

계절이 봄의 한 가운데에 왔는데 우리는 새 살림을 하기 위해 아파트를 보러다녔다. 여러집을 보았지만 다 오래되고 낡아 리모델링이 필요한 집들이 많았다. 마침 새로 건축된 11층 건물 남향이며 32평으로 방이 3개, 욕실이 2개, 거실과 주방시설 편리하게 지어진 아파트가 나와있어 계약했다.

밝은 희망의 봄날에 새롭게 다시 태어난 나 자신의 성공, 출판사 사장님 김진석씨의 성공, 이렇게 축복 속에 화촉을 밝힐 수 있게 해주신 사회에서 주는 혜택에 너무 감사드렸다.

여의도 공원에 숨 쉬고 있는 식물들 샛강 생태계가 잘 보존이 되어 초등학교 어린학생들이 자주 견학을 오곤 하는 곳이다. 한강에서 불어오는 바람이 상쾌하고 차들이 많이 다니지만 나무가 많아 산소를 많이 마실 수 있어 공해가 없어 살기 좋은 곳 중의 하나이다. 아파트 값이 비싸지만 진석씨와 내가 힘을 합해 은행에서 대출을 받지 않고도 살 수 있었다.

살림살이도 같이 사러 다니면서 행복에 젖어 기쁨의 눈물도 흘렀다. 이런 것이 사람사는 재미구나 하고 생각했다.

새 집에 새 살림으로 새 출발하는 중년의 나이에 부부가 되는 우리를 모두가 축하해 주었다. 청첩장 모시는 글을 우리 손으로 손수 써서 오셔서 축복을 해 주시라고 전화도 하고 돌리기도 하였다. 엄마와 아버지께서도 이제야 마음을 놓게 되었다고 딸 때문에 마음 고생하시는 부담을 덜어드리게 되었다.

"자네가 우리 가정 일에 빠지지 않고 참석해 주고 사위감으로 나서 주는게 고마웠는데 이렇게 좋은 일로서 우리가족의 일원이 되어 주는게 고맙고 또 고맙네."

"어머니 별 말씀을 다하시네요. 당연히 그래야지요."

드디어 결혼식을 올리는 날이 되었다. 호텔로비에서 양가 친지를 모시고 그리고 나는 지인들과 같이 큰 케이크를 자르고 양식으로 점심을 먹는 순서대로 했다. 먼저 적색포도주를 잔에 따르고 건강한 가정과 앞날에 무안한 영광이 함께 하길 두 사람을 위하여 건배를 하고 서로 잔을 부딪치고 마셨다. 사회는 강선생이 보고 테이블을 돌아다니면서 인사를 나누었다.

"중간만큼 인생을 살다가 고생 끝에 성공을 이루고 결혼식을 올리게 된 김진석씨와 김진아 선생님의 인생이 행복하고 많은 복을 누릴 수 있도록 모두가 축복해 주시기 바랍니다. 서로 음식을 나누고 담소도 나누면서 끝까지 잘 살 수 있게 지켜봐 주시기 바라겠습니다."

한 자리에 모인 손님들이 모두 우레와 같은 박수를 쳐 주었다. 테이블에 양식뿐만 아니라 떡과 잡채, 과일, 음료수 등 푸짐하게 차려져 즐기면서 결혼식이 끝나갔다.

손님들이 일어나기 전에 호텔을 나와 신랑과 신부는 부모님께 인사를 드리고 온천으로 신혼여행을 갔다.

진석씨 어머니는 식에 참석하지 못하고 누나 셋이 식이 끝난 후 어머니 걱정은 하지 말고 신혼여행 잘 다녀오라고 하시고 병원으로 갔었다.

어머니 아버지 동생 내외가 우리를 배웅하고 떠나는 것을 보고 있는데 승용차에 타고 드라이브하면서 결혼식 기분을 마음껏 내고달리고 또 달렸다. 우리만의 세계였다. 달콤한 신혼여행을 즐기고 온천에서 2박3일이 꿈같이 흘렀다.

어머니는 맛있는 음식을 장만하고 우리 부부가 돌아오기만을 기다렸다. 온 가족이 다 모셨다. 시끄럽고 복잡하게 식구들이 신혼여행 어떻게 보냈냐고 다들 한마디씩 물어보았다.

일상으로 돌아와 새집에서 남편과 같이 출근하고 시간이 되면 같이 퇴근하곤 하였다. 밥도 같이 먹고 잠도 같이 자고, 아침에 눈뜰 때도 같이 옆에서 지켜보고 무엇이든 같이하는 잉꼬부부같이 다정했다. 오래전부터 부부였던 것처럼 자연스럽게 호흡이 척척 맞는 내외간이 되었다. 같이 웃고 즐거움이 찾아와 행복한 하루하루가 빨리 지나갔다. 시어머니 병간호는 간병인이 하지만 하루에 한번 퇴근시간에 찾아뵙고 어머니 잡수시는 것을 챙기기도 했다. 아들 준서도 새엄마를 잘 따랐다. 엄마 없이 할머니 손에 자랐는데 엄마가 생겨 너무 좋아했다. 새 가정을 꾸미는데 시간이 다 가고 여름이 왔다.

어느 사이 꽃들이 지는가 싶더니 담황색으로 짙게 우거졌다. 더위에 지친 이파리들이 소나기가 내린 뒤 다시 살아나고 장마가 지난 뒤 땡볕 태양이 이글거리는 찜통더위도 찾아왔다. 열매들이 여물기전 남국의 태양볕을 마음껏 쏘이고 여름은 참으로 위대했

노라고 시어를 읊기도 했다.

입추도 지나고 말복도 지나갔다. 가을이 본격적으로 찾아온다고 알리는 처서도 지났다. 그런데 지금까지 건강하시던 할머니가 갑자기 쓰러지셨다. 병원에 한번 가 본적 없이 건강하게 잘 지내신 할머니께서 구십 살의 나이로 돌아가시게 되었다.

북한에 고향을 두고 서울에 내려와 아버지 하나만 보고 사셨다. 몇 년 전에 이산가족을 찾았고 그리운 아들딸들을 만났는데 통일이 되어 다시 만나자는 약속을 지키지 못하시고 저 세상으로 떠나셨다. 장례식은 삼일장으로 천주교 병원 신부님께서 장례미사를 보고 화장을 하고 납골묘에 안장을 했다.

늦더위가 기승을 부렸는데 가을을 재촉하는 가을비가 내리면서 전형적인 가을날씨가 되었다. 시어머니 병환도 갈수록 기력이 없어 자꾸 야위어 가셨다. 가을이 왔는지 느낄 사이도 없이 할머니 장례를 치르고 얼마 있어 시어머니께서도 돌아가셨다.

시어머니는 불교를 믿으셨다. 종교가 불교이셨던 시어머니 장례를 불교식으로 치르고 고향인 경기도 광주 선산에 안장을 했다. 시어머니를 시아버지 옆에 편히 모시게 되었다. 연이어 초상을 두 번이나 치르게 되어 심신이 매우 고단함을 느꼈다.

들판에 벼가 누렇게 익어 가을걷이에 바쁜 시골 풍경이었다. 산에는 울긋불긋 단풍이 들어가고 사람들의 시선을 피해 숨어서 피는 가을꽃의 은은한 향기를 맡으며 눈을 감고 생각에 잠긴다.

아주 먼 길을 돌아 중년의 나이에 새 가정을 꾸몄는데 이 행복을 잘 지킬 수 있도록 현명한 지혜와 용기를 주시라고 혼자서 기도를 드렸다.

나의 몸에는 새 생명이 자라고 있다. 연이어 두 번 장례를 치르다 보니 입덧한 줄도 모르고 생리가 나오지 않아 산부인과에 가보니 임신이라고 무거운 것 들지 말고 몸조심하라고 일러주었다. 너무나 기뻤다. 우리 부부의 끈을 연결해주는 아이가 생겼다. 진석씨는 너무 좋아서 어찌할 줄을 몰랐다.

"여보, 나 퇴근하는데 먹고 싶은 것 없어. 무엇을 사 가지고 들어갈까."

"매콤한 것이 먹고 싶은데요."

"그래, 알았어요."

전화를 끊고 저녁을 준비하고 남편을 기다렸다. 양념이 된 통닭이며 여러 가지 맛있는 음식을 사다 날랐다. 그런데 음식을 조금 먹으면 식욕이 당기지 않아 남는 것은 진석씨 차지가 되었다.

결혼해서 체중이 3킬로가 더 늘었다. 이렇게 아기자기한 생활 속에 겨울이 갈 무렵 음력설을 새고 나는 예쁜 딸을 낳았다. 아기는 무럭무럭 아무 탈 없이 잘 자라 주었다.

긴 시간이 흘러 몇 년이 지나갔다. 딸아이 소영이가 유치원에 들어가면서 나만의 시간이 생겨 다시 창작활동을 게을리 하지 않았다.

금새 몇 년이 훌쩍 지났다. 정말이지 시간이 이렇게 빨리 지난 줄 모르게 고사리 같은 손으로 엄마 아빠 손잡고 나들이를 다녔는데 지금은 엄마와 잘 떨어져 유치원 생활을 잘 하고 있다.

나는 생활의 기반을 잡고 중산층 삶의 질이 향상된 문화생활을 누리는 중년의 멋을 간직하며 하루하루 보람있는 삶과 자유를 만끽하며 살아가고 있다.

11. 병들다

다사다난했던 한해가 다해가는 정겨운 모습들이 은종소리에 사라진다. 올해 10월 달에 제2차 남북정상회담이 온 세계가 지켜보는 가운데 금단의 삼팔선을 노무현 대통령 일행은 걸어서 넘어가는 행사가 뜻 깊은 일로 남아있다.

또 12월 대통령 선거가 치루어졌다. 경제를 살리겠다는 이명박 씨에게 국민들은 많은 표를 주어 대통령 당선자가 되었다. 밝아오는 새해부터는 경제가 좋아져서 일자리가 많이 생겨 서민들이 허리펴고 잘 살 수 있었으면 좋겠다.

사랑하는 사람들과 부대끼고 호흡하며 살아가는 중에도 문득문득 생각나는 내 아이들을 잊어버리고 살지는 못하겠다. 마음의 한 구석 속에 빈자리에 허전함과 쓸쓸함으로 채워지지 않는 아쉬움이 있으니 그리움으로 눈망울이 촉촉이 적셔진다.

경제가 어려운데 우리 아이들은 어떻게 사는지 별 일은 없겠지 하면서 소식을 알 수가 없어 귀를 세우고 찾아오기를 기다렸다. 밖은 세찬 겨울바람이 윙윙 소리를 내며 불어오고 있다.

나무들도 겨울옷으로 갈아입고 겨울잠을 자기위해 준비를 끝낸 것인가. 어수선한 세상일을 잊어버리고 깊은 잠을 자기 시작했다. 혹독한 추위를 이겨내야 봄이 찾아오기 때문에 현실이 만족스럽지 않더라도 희망을 갖고 모든 어려움을 이겨내야 한다.

마흔 여덟 해를 맞이하는 찬란한 새 아침은 밝아 왔다.

대통령 임기가 끝나고 16대 이명박 대통령 당선자의 임기가 시작되는 해인데 정초부터 인수인계가 시끄럽게 소리를 내고 이루어지고 있다. 봄이 오면 국회의원 총선이 치루어지기 때문에 여야 모두가 표심잡기에 신경이 곤두서 있다.

일 년 중 가장 추운 1월달이 가고 구정이 있는 2월달이 되었다. 그런데 나의 아들, 큰 아이가 핸드폰으로 전화를 했다.

"엄마 아들 최지수에요. 군대 갔다와서 복학해 졸업반 4학년에 올라가요. 엄마 만나서 할말이 많은데 지금 만날 수 있어요?" 가느다랗게 떨면서 말을 했다.

"지수야, 그럼 얼마나 기다렸는데 왜 이제 전화했어. 보고 싶다. 내 아들, 만나자."

내가 다니던 성당 앞에서 기다리겠다고 했다. 서둘러 옷을 입고 화장도 고치고 만나러 나갔다.

"지수야." 끌어안고 한참을 울었다.

"지수야, 엄마가 미안해."

"엄마, 얼마나 보고 싶었는데. 엄마 재혼했다는 소리를 듣고 엄마 행복에 방해될까봐 주저했는데 그래도 낳아준 엄마니까 만나고 싶었어요."

"그럼, 부모 자식은 천륜이란다. 너희들이 찾아오기를 기다렸어. 보고 싶은 그리움은 누구도 막을 수 없는 것이란다."

"윤수는 군대 갔는데 올해 제대해요."

"그래, 배고프지? 점심 먹으러 가자."

나는 지수를 데리고 음식점으로 들어갔다.

"뭐 먹고 싶니, 삼겹살 시킬까."

"엄마, 저는 무엇이든지 다 잘먹어요."

"엄마가 고기 한번, 밥 한번 제대로 못해주고 항상 미안해."

주문을 하고 나오기를 기다리면서 지수가 어려운 말을 꺼냈다.

"아버지가 췌장암 말기에요. 삼 개월밖에 안 남았어. 회사는 부도가 터져 집까지 모두 넘어가고 지금은 할머니도 고모집에서 지내요. 할아버지가 돌아가신 지 삼년 되니까, 아버지가 회사 운영을 잘못해서 망해버렸어, 새어머니는 그런 사실을 미리 알고 돈을 챙겨 나갔어요. 4학년 수강신청을 해야 하는데 학비가 없어서 왔어요."

음식이 나와 숯불 위에 올려놓고 듣고 있었다.

"지수야, 그렇게됐니. 너는 걱정하지마. 엄마가 있잖아."

"엄마, 아버지가 마지막으로 만나고 싶어해요. 엄마한테 잘못했다고 용서를 구하고 죽기전에 보고 싶대요."

나는 한참 생각에 잠겼다.

'나하고 이혼했으면 잘 살아야 될텐데 회사 말아먹고 암으로 죽어간다니…'

아직은 젊은데 죽어간다고 하니 너무 황당했다. 내 마음속에 지울 수 없는 큰 상처를 주고 아이들을 위해서는 잘살아야 한다고 기도했건만 삼개월 시한부 인생이라니 너무 기분이 좋지 않았다.

지수가 다녀간 지 얼마되지 않아 지수 할머니가 잠간 만나자고 했다. 커피숍에서 앉아 기다리고 있으니 지수 할머니 왔다.

"어머니, 이렇게 찾아올 줄은 몰랐습니다."

"어멈아, 내가 너에게 할 말은 아무것도 없다."

"어머니 때문에 집을 나왔는데 새 며느리하고 잘 사셔야지 이것이 무엇입니까."

"어멈아, 내가 잘못했다. 용서해라. 아범이 너에게 지은 죄가 많아 지금 고통을 당하고 있구나. 마지막으로 한번만 만나고 싶다니 어미로써 가만히 있을 수 없어 너를 만나러 왔다."

"······."

눈물을 흘리시면서 나에게 용서를 구하니 아무 말도 할 수가 없었다. 십 육년이란 세월이 흐른 뒤 다시는 만나지 않고 볼 일도 없다고 생각했는데 다 죽어 간다니 마음이 편치 않았다.

"어머니, 생각해보고 결정 할 터이니 이만 일어나세요."

그 자리를 빠져나와 거리를 걸었다. 그냥 집으로 들어가기가 싫어 발길을 성당쪽으로 돌렸다. 아직은 바람 끝이 차가운, 봄이 오기에는 우리곁에 멀리 있었다.

나와 헤어지고 한 번도 마주친 적이 없었는데, 아이들을 위해 잘되기를 잘 있어주길 바랬는데 인생이 얼마남지 않았다고 하는데 정말이지 말문이 막혔다.

소영이가 유치원을 졸업하지 않았기 때문에 올 시간이 되어 아파트 문앞에 서 있었다.

"엄마, 다녀왔습니다. 어디 갔다 왔어."

"응, 그래. 들어가자."

소영이와 친구가 차량에서 내려 인사를 하고 집으로 들어갔다. 그림 그리는 스케치북을 들고와 자랑을 한다. 딸아이와 놀아주지만 머릿속은 복잡하기만 하다. 간식을 만들어서 먹고 장난감으로 놀다가 곤한지 아이가 낮잠을 잔다. 생각이 자꾸 두 아들을 어떻게 해야 되는지 떠올린다. 소영이가 낮잠을 잠깐 자더니 어린이 프로시간이 되어 텔레비전 앞에 앉아있다. 저녁을 하다가도 아이들 생각을 하니 앞이 막막하기만 하다. 퇴근한 진석씨가 안색이 좋지 않다고 말을 한다.

"여보, 무슨 일 있었어요. 얼굴빛이 근심거리가 있는 것 같아서 물어 보는 거예요."

"아무 일 없어요. 밥 차릴께요."

말문이 흐려졌다. 자꾸 묻는 말에 밥을 다 먹고 난 뒤 꺼냈다.

"전 남편한테 아들이 둘 있는데 하나는 대학 4학년 졸업반에 올라가고 작은 애는 올해 군대를 제대한데요. 그런데 전 남편이 췌장암 말기라 살 날이 삼개월밖에 안 남았다네요."

듣고 있다가 좀 생각 한 뒤 남편이 말을 했다.

"그 사람 운명이 그렇다면 할 수 없는 것이고, 당신 자식이면 나에게도 자식이나 다름없어요. 걱정 하지 말아요. 우리가 책임집시다."

"여보, 이해해 주어서 고마워요."

"마지막이 될 사람이니 만나주구려."

남편의 따뜻하고 자상한 배려에 마음이 너무 좋았다.

추운 겨울이 지나고 따뜻한 양지, 나뭇가지에 물이 오르고 옅은 녹색의 떡잎이 터지더니 새싹이 되었다. 아직 밖은 조금 추운 봄바람이 살랑살랑 불어와 창문을 열고 새봄맞이 봄노래를 흥얼흥얼 부르기도 한다.

내 마음에는 봄이 왔는데 우리 아이들은 아무 일없이 아버지가 있을 때보다 엄마가 끌어안고 온전한 사회인이 되어 자기 앞길은 자기가 책임지고 잘 살아야 한다. 혼자서 아이들 생각하면서 다 함께 살날을 기대하고 있다. 죽기 전에 한 번은 만나야 한다. 피부에 봄의 따사로움을 느낄 수 있을 때였다. 나는 전 남편을 찾아가기로 마음먹고 화장을 하였다. 거울에 비추어진 나 자신을 한참 바라보았다.

아직 중년의 나이에 죽어가는 전 남편의 소원을 들어주기 위해 병원을 찾아갔다.

"진아야, 불러보고 싶었다. 너무 보고 싶었다."

"나하고 헤어졌으면 알콩달콩 잘 살아야지 이게 뭐여요. 왜 이렇게 누워있어요."

"응, 그렇게 돼버렸다. 나를 용서해 줄 수 있겠니? 너에게 못할 짓을 너무 많이 해서 벌 받는가 보다."

"……."

말을 할 수가 없었다. 미움도 원망도 다 가셨는데 눈물은 나오지 않았다.

"진아야, 아이들을 부탁할게. 마지막으로 너에게 하고 싶은 말이야. 네가 잘 된 것을 텔레비전에서 보았다."

"아이들 걱정하지 말아요. 내가 엄마니까 잘 보살필 거예요."

"고맙다. 이젠 눈을 감을 수 있을 것 같아."

"그만 작별해요. 좋은 곳으로 가서 편히 쉬세요. 모든 짐 다 내려놓고 훌훌 떠나요."

"알았다."

유치원을 졸업하고 초등학교에 입학해서 잘 다니는데 소영이가 오기 전에 집으로 돌아왔다.

전 남편을 생각할 땐 안됐지만 자기 운명이 거기까지 밖에 안 되는 것이니 세상과 작별을 해야 한다.

인생이란 무엇인가? 좋은 일이 있는가 하면 나쁜 일이 있고, 기쁨이 있는가 하면 슬픔도 있다. 씨실과 날실이 교차하면서 한 벌의 옷이 짜여진 것과 같이 인생은 모든 고난과 역경을 이기고 찬란한 성공이 빛을 발휘하는 것이다.

지수의 학비를 내어주고 지수에게 아버지가 죽으면 엄마와 같이 모여 살 거냐고 물어보았다. 지금 답하기가 어려우면 차차 생각해 보라고 일러두었다.

무지개 색깔로 다가와 마음속에 수를 놓았다. 담장 너머 우아하게 자태를 뽐내며 피어있는 목련 꽃 아래서 편지를 쓴다.

어느 날 토요일 지수를 데리고 은숙이와 기철이 부부를 만나러 갔다. 학원 옆에 있는 카페에서 기다렸다.

"진아야, 벌써와 기다렸니?"

"아들하고 이야기 하고 있었어. 최지수야, 군대도 갔다 오고 공대 4학년이야."

"이렇게 자랐니. 지수야, 엄마 친구야. 기철이 아저씨도 절친한 친구 사이지."

"기철씨, 최선배가 췌장암으로 죽어간대."

"뭐, 아직 오십대 초반인데… 어쩌다 그리 되었는진 모르지만 안됐구나."

가끔씩 만나서 밥먹고 영화도 보고 연극도 보고 하는 학교 때부터 오랜시간 친하게 지낸 친구들이 아픈 기억은 있지만 안됐다고들 말했다.

"지수야, 이젠 엄마를 만났으니까 헤어지지 말고 오래 행복하게 살면 되는 거야."

"예, 아줌마."

카페에서 나와 음식점으로 들어갔다. 오징어, 삼겹살, 홍합으로 요리된 해물탕에 공기밥을 시켜 맛있는 점심을 먹었다.

"옛날 일을 생각하면 장례식에 가고 싶지 않지만 그래도 애들 아버지인데 가야하지 않겠어."

"소영이 아빠도 모든 것 다 용서하고 가자고 그래."

"나도 가보는 게 좋을 것 같아." 은숙이가 말한다.

오늘은 아들 지수와 친구들을 만나 마음이 편해지고 행복했다.

나는 진석씨와 군대 갔다 온 준서 그리고 초등학교 1학년인 소영이 이렇게 네 식구가 모여 살았다. 나는 전 남편과 사이에서 있는 두 아이들을 엄마가 있는데 당연히 나와 같이 살아야 한다고 지수 할머니께 말씀을 드렸다.

전 남편이 죽는다는 현실에 미움도 원망도 모두 사라졌다. 그렇게 잘 산다는 말을 듣고 싶었는데 병으로 죽어 간다는 게 모두 내 탓으로 생각되니 인생이란 무엇인지 알 수 없는 것이다. 아픔을 이기고 일구어 낸 성공이라 했는데 한편으로는 불쌍하다는 연민으로 고민하고 있다.

"엄마, 지수 만났어요. 엄마 아시죠."

"응, 내가 지수에게 네 전화번호 가르쳐 주었다. 대충 말을 들어 알고 있다. 엄마가 나서고 싶지 않아. 네가 알아서 해줘, 나도 이젠 늙었네."

"알았어요. 엄마."

엄마가 집에 오셔서 이런 말 저런 말을 하셨다. 소영이가 오는 것을 보고 한참 놀다가 가셨다.

"엄마, 손자들을 다 키우셔서 시간이 많을 텐데 자주 오세요. 예전에는 용돈도 드리지 못했는데 지금은 효도할 수 있어서 좋네요. 효도도 현찰이 있어야 한데요."

"나는 너희가 잘 사는 것이 효도하고 생각한다. 우리가족이 아무 탈 없이 건강하게 웃으면서 살 수 있어 좋다. 지수 윤수만 챙기고 너무 신경쓰지 말아라. 그만 가마."

"예."

그리고 금새 가정의 달 5월이 되었다. 여러 가지 꽃들이 피고 나무에 초록이 짙어 훈풍 날아드는 때 어느 하루 무덥던 날 세상을 떠났다는 연락이 왔다. 삼일장으로 일요일 날 장례를 치른다고 하였다. 윤수가 아버지 장례에 참석하기 위해 제대하기 전에 휴가를 왔다. 두 아들을 동시에 만날 수 있었다.

"윤수야, 군대 가서 고생 많이 했지."

"아니에요, 엄마. 대한민국 남아라면 다 하는 일인데."

"우리 지수, 윤수. 엄마하고 같이 살 수 있어. 걱정하지 말아라."

"엄마, 보고 싶었어요. 군대에서 엄마 생각을 많이 했어요."

"엄마가 미안해. 이제부터라도 엄마 노릇 잘 하고 싶어. 씩씩한 두 아들 잘자라 주어서 고맙다."

아들이 요기를 할 수 있게 음식점에서 맛있는 밥을 먹었다.

"죽은 사람은 죽은 거고 산 사람은 먹어야 산다. 밥 먹자."

밥을 다 먹고 영안실에 두 아들을 보냈다.

"아버지 아는 사람들은 장례식 때 올 거야. 엄마 아저씨도 올 거니까 그때 한번 봐. 좋은 분이란다. 너희들도 좋아하게 될 거야."

"예, 엄마." 둘이서 대답했다.

여의도 공원에는 예년의 봄처럼 꽃들이 만발했다. 나뭇가지마다 짙은 녹색 이파리가 우거져 숲속에 들어온 것처럼 기분전환이 되었다.

전 남편의 죽음을 애도하기보다 아이들의 아버지니까 마음으로 무거운 짐을 내려놓는다. 부디 좋은 곳으로 가서 이승에서 못 다 한 삶을 이어가기를 바란다. 시신을 화장터에서 태운 다음 뼈를 모아 납골당에 안장을 했다. 그리고 마지막으로 홍미를 만났다.

"선우씨 죽은 뒤 묻는다. 그 사람 사랑은 했니?"

"지금에 와서 무엇이라고, 말할 수 없다. 미안하다. 진아야, 내 욕심 때문에 유라 아빠 세상을 빨리 떠났다."

"그럼, 너의 잘못을 인정하니 너와 나는 만나지 말아야 할 사람들이다."

"나의 부덕함을 안다. 잘 가거라."

장례식 때 같이 했던 은숙이, 기철이, 우리부부 아이들이 인사를 했다.

"이렇게 오셔서 감사드립니다."

"이 분이 소영이 아빠셔. 소영이는 너희들 여동생이야."

"오늘은 피곤할 테니까 가서 쉬고 가자."

"지수, 윤수야. 지수가 먼저 집에 간단한 짐을 챙겨가지고 오겠니? 아니면 윤수가 제대하면 같이 오겠니? 너희들이 상의해서 정해봐. 편하게 생각하고."

"윤수가 제대하면 같이 들어갈게요."

"그래, 알았어. 잠을 자고 정리해.

"예."

모두 헤어지고 집으로 돌아왔다.

왠지 모르게 뒷 끝이 씁쓸했다. 어떻게 살았는지 오십 하나에 세상을 떠나 이런 기분이 들게 하는지 알 수가 없다. 이젠 생각을 하지 말자. 깊은 잠을 자고 잊어버리자고 다짐을 했다. 시원한 바람이 불어와 머릿속이 복잡했는데 나의 집에 가까이 오니 기분이 나아졌다. 여의도를 빙돌아 걷다가 집으로 들어갔다.

12. 대가족

초여름의 상큼한 냄새가 창문을 통해 거실에까지 흘러들어온다. 비둘기가 구구구 모이를 찾아 날아든다. 마음속에 평화가 가득한 일상이 행복한 시간으로 흘러간다. 맑은 하늘가에 뭉게구름이 두둥실 떠다닌다. 장미꽃과 안개꽃을 사다가 화병에 물을 넣고 꽂아 두었다.

가족이 모두 나가고 없는 공간에 조용히 글쓰기에 여념이 없다. 텔레비전 프로에 출연도 하고 밖에 나가면 알아보는 사람이 많다. 꽃향기가 은은하게 퍼져나간다. 잠시 향기를 맡으며 생각에 잠긴다. 삼십대 중반에 등단해서 몇 권의 책을 냈는데 모두가 다 베스트셀러로 이어져 유명한 소설가로 인정을 받았다. 아이들도 떳떳하게 만날 수 있고 책임 질 수 있어서 보람이 있었다.

글쓰기에 여념이 없어 신경쓰다보니 집안 일이 소홀해져 도우미 아줌마도 쓰게 되었다.

책이 잘 팔려 출판사 재정도 탄탄해졌다. 나는 집에서 글도 쓰고 출판사 일도 도우며 몸은 바빴으나 마음은 여유를 갖고 생활

했다. 창작이란 자유로운 대화가 자연스럽게 술술 풀려 나온다. 앞으로 무엇을 쓸 것인가. 고민하고 생각하면서 내면의 세계를 밖으로 끌어내어 연결시켜 나간다.

꿈에 그리던 아이들이 함께 할 수 있다는 것이 현실로 다가오며 가슴이 벅차오른다. 윤수가 무사히 군대생활을 마치고 제대했다. 두 아들이 오는 날을 정해놓고 손꼽아 기다렸다.

준서 소영이 지수 윤수가 방학을 하고 며칠이 되어 드디어 엄마 집으로 온다고 연락이 와서 아침부터 시장을 보고 음식을 하기에 하루를 바쁘게 보냈다.

온 식구가 모여 시끄럽게 떠들면서 서로 웃고 말하고 사람 사는 냄새가 물씬 풍겼다.

"오늘부터 우리집은 대가족이 되었다. 너희들은 한 형제이다. 소영이로 인해 다 연결이 되어 서로 돕고 서로 위로해주면서 세상을 살아가는 것이다. 인간은 혼자서는 살지 못한다. 서로 기대면서 부대끼면서 재미있게 인생을 개척하면 보람이 있는 것이다. 앞으로 우리 집에 좋은 일만 오기를 바라면서 이만. 여보, 당신도 한마디 해요."

"예, 아이들이 넷인데 집이 좁지 않겠어요. 우리 새집으로 이사해요. 우선, 불편하더라도 소영이는 엄마 아빠 하고 자고, 지수 윤수가 소영이 방을 쓰면 되겠구나. 자 밥 먹자."

차려진 밥상에 둘러 앉아 맛있게 밥을 먹었다. 얼마나 행복한 밥상인가.

"애들아 많이 먹어. 준서하고 지수는 동갑이지만 준서 생일이 더 빠르니까 형이라고 불러. 집안에 질서가 잡혀야 화목한단다.

윤수는 두 형님 말을 잘 듣고 소영이도 잘 돌보고, 소영이는 큰 오빠들이 셋이나 되어 귀여움을 독차지 하고 좋겠구나."

"응, 엄마 너무 좋아. 엄마, 갈비 더 줘. 나물도 잘먹을께요."

밥을 다 먹고 후식으로 수박과 커피를 타서 마시면서 오래도록 이야기꽃을 피웠다. 나의 꿈은 이루어졌다. 나의 일이 성공하고 꿈에 그리던 아이들과 옹기종기 모여 잘 살 수 있어서 너무 좋았다. 하늘은 높고 푸르고 나의 기도를 들어주신 하느님께 감사드렸다. 이 행복이 오래도록 지속되도록 격려와 칭찬을 아낌없이 해주시라고 대화를 했다.

아이들을 보면서 재미있는 시간이 빠르게 지나갔다. 어느 사이 여름 휴가철이 다가왔다. 이번 만큼은 그냥 무의미하게 지낼 수가 없었다.

"우리 모두 휴가를 떠나자. 멋있는 동해바다에 가서 추억을 새기고 돌아오자"고 말했다. 온 가족이 대찬성이었다. 수영복과 반바지, 필요한 여러 가지를 대가족이 백화점에 돌아다니면서 즐거운 쇼핑을 했다. 식구가 여섯이라 9인승 승합차를 뽑아 타기도 했다.

드디어 떠나기로 한 날이 되었다. 준비를 다하고 아침을 먹은 뒤 아빠가 운전을 하고 나는 옆 좌석에, 아이들은 뒤에 타고 출발을 했다. 멜로디가 감미로운 음악이 흘러나오고 서로 신이 나서 음악에 맞추어 노래를 따로 불렀다.

뜨거운 햇볕이 쨍쨍 내리쪼였다. 가장 더운 여름의 한 가운데에서 강릉 경포대까지 몇 시간 고속도로를 달렸다. 땡볕의 푹푹 찌는 열기는 대지위의 많은 열매들을 알곡으로 영글어가기 위해

해시계를 날려 보냈었다.

산속의 시원한 계곡이나 모래사장이 있는 바닷가 해변으로 피서를 떠나는 사람들로 인산인해를 이루었다. 우리 가족이 함께하는 이 시간 너무나 행복한 순간을 오래 남길 수 있는 기억을 새기기 위해 재미있게 보냈다.

깊은 상처가 아물고 새살이 돋아나 아팠던 지난날보다 우리가 살아야 할 시간이 더 많은 날들을 사랑으로 엮어가자. 남편과 아이들 셋이 해주는 밥도 먹어보고 공놀이 물놀이 여러 가지 재미있는 게임도 하고 놀았다.

텐트를 쳐 놓고 안에서 쉬기도 하고 밤에는 기타를 치고 노래도 하였다. 3박4일이 꿈결같이 빠르게 지나갔다. 무사히 휴가를 보내고 집으로 돌아와 일상으로 복귀하였다.

한참 시간이 지난 뒤 더위가 한풀 꺾이는 것 같아 온 식구들이 새집 더 넓은 공간으로 이사가기 위해 집을 보러다녔다.

아침저녁에는 제법 시원한 바람이 불어오고 낮에는 늦더위 때문에 땀이 송골송골 맺어 계절이 바뀌는 느낌이 피부에 닿지는 않았지만 가을이 오는 기미가 엿보였다.

우리는 시흥대로에 강남성신병원이 있고 대림1동 현대아파트 사십 평정도 되는, 방이 네 개 거실에 주방이 딸린 남향 편리한 시설이 갖추어진 집을 계약하게 되었다. 여러 집을 보았지만 제일 좋은 거 같아 가족회의를 거쳐 결정하게 되었다. 나의 친정집이 가까운 거리에 있었다.

하늘에는 흰구름이 떠다니고 그 사이로 낮게 나는 비행기, 관악산 산줄기가 우람하게 펼쳐져 있고 높은 빌딩들이 한데 어울려 한폭의 그림 같은 우리들만의 공간으로 이사하게 되었다.

몇 달을 바쁘게 보내다 보니 무사히 완전한 우리집으로 자리를 잡게 되었다.

우수수 낙엽 떨어지는 계절이 우리 곁에 찾아왔다. 울긋불긋 단풍잎이 곱게 물들인 것도 잠시 따뜻한 커피가 그립다. 뒷문으로 나가면 대림동 성당 넓은 주차장 겸 운동장이 있어 아이들이 뛰어 놀기도 하는 곳에 학교에 다녀온 딸아이와 나와 있다. 낙엽을 질근질근 밟으며 소영이는 단풍잎 은행잎을 줍는다.

"엄마, 은행이 떨어져."

"은행에서는 냄새가 나니까 줍지 말아라, 소영아."

"예, 보기만 할께요. 엄마 낙엽을 밟으면 소리가 나."

"무슨 소리일까. 들어보면 옛 이야기하는 것 같지 않니."

"응, 그런 것 같아. 엄마하고 노니까 재미있어."

"소영아, 이제 그만 들어갈까. 간식으로 샌드위치 만들어 줄게."

"엄마, 그래 맛있게 만들어 줘."

집으로 들어와 아이들이 들어오면 먹을 수 있게 계란, 치즈, 야채를 속에 넣고 샌드위치를 만들었다. 원두커피를 내리고 향긋한 냄새에 취해 한참 생각에 잠기다가 현실로 돌아와 보니 우리아이들 소리가 시끌벅적하였다. 샌드위치에 커피우유를 마시며 하루에 있었던 이야기를 나누면서 우리 대가족은 행복에 젖는다.

퇴근 시간에 맞추어 들어온 남편은 저녁을 먹고 텔레비전과 인터넷을 하고 자유로운 시간을 보내다가 잠자는 시간이 되어 방으로 들어간 뒤 거실에 앉아 글을 쓴다.

나는 타자가 느려 먼저 노트에 글을 쓰고 독수리 타법으로 컴퓨터에 옮겨 쓴다. 매번 해오던 일인데 재미있고 보람있게 일이 잘 풀려 정상의 위치에 도달해 있다.

몇 년째 불면증 때문에 고생을 하고 있다. 정신과에 문의하고 신경안정제를 지어주어서 저녁이면 한번씩 약을 먹고 잠이 들곤 하는데 습관이 되어 있다.

강남 성심병원 정신과 이홍석씨가 주치의선생님이다. 찬바람이 불고 낙엽이 떨어지는 계절에는 나는 더욱 잠을 이루지 못해 만성피로가 항상 쌓여있다.

12월 초부터 캐롤송을 틀어놓고 거실에 있는 소나무에 방울을 달고, 작은 정구 솜털로 반짝반짝 불을 밝히는 예쁜 트리를 만들어 기분을 전환시킨다.

나는 요즘 살이 부쩍 많이 빠졌다. 물이 많이 당기고 소변도 많이 본다. 몸에 이상이 있는 것 같았으나 대수롭지 않게 여기고 자꾸 음식을 많이 먹는다.

식구들이 병원에 가 보라고 말을 많이 하는데 들리지가 않았다.

한해가 다해가는 아쉬움 때문에 그 동안 지인들에게 근황도 알릴 겸 크리스마스카드, 연화장 등을 정성스럽게 써 보낸다. 십자가에 반짝이는 네온과 성모상에 비추는 밝은 빛들의 모임인 전구는 무엇을 밝혀주고 있는 것일까?

연말을 마지막으로 보내는 망년회 모임인 행사가 있었다. 여러 가지 음식을 골라서 당기는 대로 마구 먹고 찬물이 먹고 싶어 정수기에 컵으로 따라 몇 잔을 들이켜 마셨다.

그날부터 감기 기운이 있었는데 예전 같으면 약국에서 종합감기약을 사먹으면 나았던 감기가 일주일이 지나도 낫지 않았다. 아침이면 남편 출근을 챙겼는데 일어나지 못하고 쓰러지고 말았다. 우리가 사는 현대아파트 앞이 강남성심병원이라 평소때와 달라 아이들 셋이서 병원에 데리고 갔다.

몸을 가누지 못하고 걸을 수가 없어 휠체어에 태워 진료시간에 맞추어 처음에는 목이 많이 아프고 호흡하기가 힘들었다.

이비인후과에 가보니 의사선생님이 "엄마 위험하다. 응급센터에 데리고 가보아라." 하셨다 한다.

응급센터에 가서 먼저 피를 뽑아 혈당을 재니 너무 높아 나오지 않아 특별하게 잴 수 있는 기계로 재보니 750까지 올라갔다. 병명이 당뇨병으로 혈압도 좋지 않았다. 즉시 내과 중환자실로 입원하게 되었다.

링거를 꽂고 온 몸이 산성화가 되어 수분을 맞게 되었다. 그날 밤 의식이 열한시까지는 있었는데 그 후로는 의식이 없어 의식이 돌아와 보니 5박6일 동안 혼수상태에 놓여 있었다고 한다. 아무런 기억은 나지 않는데 이 길을 가면 천국 가는 길이라고 굳게 믿었다. 호흡하기가 매우 힘들었다. 그런데 산소 호흡기를 쓰고 다시 살아났다. 기적이 일어난 것이다. 나는 죽으면 천국에서 다시 살 수 있다는 믿음의 확신이 선 것이다. 나를 정성껏 간호해 준 간호사 선생님이 나의 의식이 돌아온 것을 확인하고자 물었다.

"이름이 무엇이에요."

"김진아. 글 쓰는 작가고 소설을 집필 중이에요."

"나이는 몇 살이에요."

"마흔 여덟 살."

"아이는 몇 명 낳았어요?"

"아이는 셋이고 가슴으로 낳은 아이… 아이는 모두 네 명 낳았어요."

"여기가 어디에요."

"강남성심병원."

오랫동안 의식이 없으면 뇌가 다쳐 기억을 못하던가 중풍으로 어깨를 못 쓰던가 하는데 무의식중에도 의식이 깨어 있었고 강남성심병원에 유명한 선생님 덕분에 나는 정상으로 새로운 삶을 살 수 있는 믿음이 강한 신앙인으로 다시 태어났다.

병원 중환자실에 일주일 있었는데 면역성이 떨어져 의식이 없었던 중에 폐렴에 감염되어 이재갑 감염내과 선생님께서 치료해 주셨다.

일반병실로 올라가서 점심시간이 되었는데 밥상 칼로리 계산을 해서 정상적인 사람보다 적게 나왔다. 토요일이 되어 친정 식구들이 병문안을 왔다. 겨울방학이 되어 조카들과 동생부부 모두 와서 내가 다시 살아난 것을 축복해주었다.

"당뇨병인줄 몰랐느냐."

"엄마, 홀수년 짝수년 번갈아 날아온 건강진단을 받을 기회가 있었는데 병원에서 당뇨병이라는 진단을 받고 내가 아직 젊은데 당뇨라고 하니까 선생님을 믿지 않고 아니라고 부정했어요. 약을 먹다가 먹지 않았더니 혈당이 많이 올라가서 감기도 낫지 않고 갑자기 쓰러졌어요."

"천만다행으로 이만큼 아픈 것으로 끝나서 다행이다."

"누나, 인생을 덤으로 살아간다는 기분이 어때."

"말할 수 없이 감동이 오고 하느님께 감사하지."

"앞으로 건강관리는 어떻게 하는지 배워야겠네요."

"응, 올케. 당뇨병 교육실에서 일주일에 한 번 화요일 오후 2시에 있대. 하나하나 배워야지. 혈당관리가 제일 중요하대."

"내가 더 있어야겠다. 다 남자들이니."

"괜찮아요, 엄마. 김서방하고 아이들이 번갈아 있으면 돼요. 집안일은 도우미 아줌마가 잘 해줄거예요. 엄마가 너무 놀라고 지쳐서 쉬어야 돼요. 식구들하고 같이 들어가세요.

"알았다, 진아야."

온 가족이 돌아가고 링거를 꽂고 누워서 생각에 잠겼다. 지금까지 살아온 삶이 잘 살았는지 못 살았는지 뒤를 돌아보게 된다. 아직 살아가야 할 많은 시간을 보람있고 많은 열매를 맺으려면 못한 사람들과 나눔으로 서로 베풀면 하늘나라에서 좋은 자리와 상급을 받을 수 있다고 배웠다. 이제부터는 세상의 부귀영화를 얻기 위해 사는 것이 아니라 마음의 평화, 참다운 믿음으로 살다가 예수님이 부르면 따라갈 수 있는 인간으로 거듭나기를 기도했다.

입원한 지 2주일이 되는 토요일, 친구 은숙이 기철이 부부가 병문안을 왔다

"진아야, 이만하니 정말 다행이다. 하느님이 살려주셨어. 축복을 내려주셨다."

"선배님, 선배님 복이네요. 한번 혼자되었을 때 안스러웠는데

걱정하지 않아도 되겠네요. 진아야, 건강은 첫째 자기가 챙기는 거야. 너무 일에 매달리지 말고 쉬면서 안정적인 분위기 속에 하는 거야."

"건강은 건강할 때 챙기라는 말을 소홀히 했는데 정말 실감이 나는 거야. 여보, 많이 놀랐지요."

"내가 신경을 더 썼어야 했는데 거기까지 생각을 못해서 후회가 되는군. 많이 힘이 되어 줄테니 훌훌 털고 일어나요."

"그래, 진아야. 치료 잘하고 음식조심하고 식이요법 약물요법 운동요법을 통해서 당뇨는 관리할 수 있다던데 힘들지만 좋아하는 일이 있으니 위안 받고 살며 되지 않겠니."

"고맙다, 은숙아 기철아."

친구들이 다녀가고 시누이들도 행사 때에나 얼굴을 보았는데 올케가 병석에 있으니 찾아와 위로도 해주고 덕담도 많이 해주었다. 마흔 아홉 살이 되는 게 왜 이리 힘이 드는지 꿈에 그리는 내 아이들과 살게 되었는데 일에 너무 매달려 하는게 무리가 되었는가 보다. 약 3주일 입원했다가 퇴원해서 집에 돌아온 소감은 너무 기분이 좋았다.

식구들 식단은 건강식으로 모두 바꾸었다. 주로 채식위주로 당도가 높은 과일도 삼가고 콜레스테롤이 적은 음식과 고기도 적당하게 생선은 자주 먹어도 된다.

당뇨병은 자기 자신과의 싸움이다. 의사 선생님이 고쳐주는 병이 아니라 배워서 자기가 관리하고 평생 같이 가는 친구로 생각하면 마음이 편해진다.

밤공기가 차가운데 베란다에서 창문을 열고 별을 바라본다. 서울에서 볼 수 없는 별이 나의 집에서는 반짝거린다.

밤야경이 너무 멋있어서 한참을 서서 바라보며 생각에 잠긴다.

몸이 아파도 포기할 수 없는 것은 나의 일이다. 쉬면서 조금씩만 쓰면은 되겠지. 무리만 하지 않으면 된다고 말씀하셨다. 나는 글 쓰는 일을 사랑한다. 생명이 다하도록 쓰겠다고 마음속으로 다짐하면서 기도를 한다.

13. 연결의 의미

찬란한 봄이 오기 위해 혹독한 추위를 이겨내야 한다. 땅속에서 은둔과 끈기를 이기고 새 생명의 잉태는 얼마나 아름답지 않는가.

바람이 아직은 차갑게 느껴진다. 2009년 2월이다. 눈이 많이 내린 뒤 따뜻한 입춘이 지나고 하늘에서 내려오는 햇살은 따뜻하게 온 세상을 밝게 비춘다. 의식없이 죽었다가 다시 살아난 사람으로 맞이하는 새봄의 온기운과 정기를 받아 이 나라의 정신적인 기둥으로 거듭나기 위해 최선의 노력 위에 아련히 피어나는 대성공인이 되고 싶은 마음 때문에 오늘도 새롭게 산다.

세계 경제가 좋아지지 않아 작년 봄부터 금융위기가 온다고 떠도는 말이 있더니 미국에서 2008년 9월에 리먼부러더스가 파산을 했다. 이 난국을 헤쳐나갈 수 있는 적합한 사람으로 버락 오바마가 젊고 패기가 넘치는 인물로 11월 20일에 취임식을 했다는 소식이 전파를 타고 날아왔다.

산 너머 남촌에는 멋있는 사람이 사는 것 같아 봄바람이 해마다 살랑살랑 남으로 불어온다.

아직은 춥지만 꽃피는 봄을 기다리기에 마음이 풍선처럼 부풀어 두리둥실 떠다니는 구름 속으로 사뿐히 사라진다.

얼음이 녹아 북쪽의 대동강 물이 풀린다는 우수가 되어 봄이 빨리 오기를 바라는 봄을 재촉하는 비가 소리 없이 내린다.

따끈한 원두커피 한 잔에 신문을 보면서 세계가 어떻게 돌아가는 지 시각 후각으로 느낌을 갖는다.

자유롭게 날아다니는 철새무리들을 먼발치에서 바라보면서 따뜻한 가정의 둥지에서 꿈과 미래를 위해 열심히 살고 있다는 흔적을 남기는 창작의 시간을 고독 속에서 찾는다.

봄은 가까이 왔는데 꽃피는 나무들은 시새워 매서운 추위가 다시 왔다.

새 학기가 시작하기 전이라 시간이 나서 은숙이가 집으로 찾아와 차를 나누면서 이야기를 나누었다.

"FTA가 자유무역협상이라고 하지."

"그래, 내 책을 세계에 팔아 볼까 판로를 개척하기 위해 청와대 문 앞에서 두 시간 연설을 했더니 대변인을 만나 설명하고 접수를 했지. 텔레비전에 나오기만을 기다리고 있다. 정치는 하지 않으니까 민간인으로 만났지."

"잘되면 좋겠다. 너의 꿈이 이루어졌으면 해. 이번에 미국 오바마 대통령이 취임하더니 제일 먼저 미국방부장관 클린턴을 보내 1차 정상회담을 4월 2일 런던에서 하자고 소식을 전해왔다더군. 너도 보았니."

"응, 보았어. 한미 FTA 비준에 서로 진전을 위해 노력하자고."

시사문제에 대해서 이런저런 이야기가 화제 거리가 되어 커피 향기가 모락모락 피어나는 대화를 나누었다.

"지수가 올해 졸업을 했단다. 취직을 해야 한다고 아들 나름대로 애를 쓰고 노력하고 있어. 큰아들 준서도 했지. 윤수는 복학을 한다고 하고 아들 셋이라 든든하지. 소영이도 초등학교에 잘 다니고."

"너만 건강하면 만사형통하겠다. 남편은 너를 생각하고 잘하니 이만한 복을 누리면서 사는 사람도 많지는 않지."

몇 시간 스트레스를 풀면서 수다를 떨다가 집으로 돌아갔다. 도우미 아주머니가 식탁에서 요리를 하고 저녁때가 되니 온 식구가 모여 밥을 먹고 하루 있었던 일들을 대화한다.

모두가 잠든 밤 바람소리가 요란히 마른 나뭇가지를 흔들어 댄다. 나는 깨어서 컴퓨터 인터넷에 글을 올리고 오늘 하루도 무사히 보내게 해주신 하느님께 기도를 하고 하루를 마무리한다. 거실에 불을 끄고 방으로 들어가 남편 옆에 누워 깊은 잠을 청한다. 꿈나라로 먼 여행을 하면서….

새로운 삶을 시작하는 새로운 봄날이 얼마나 아름다운지, 눈물겹도록 내 마음속에 찬란한 빛깔로 다가오는지 알 수가 없었다.

죽었다 다시 살 수 있다는 믿음이 깊은 곳 강한 신앙인으로 다시 태어나 축복으로 은혜를 주신 하느님 감사합니다.

인생을 살아가자면 꼭 좋은 일만 있는 것이 아니다. 또 나쁜 일만 있는 것도 아니다. 좋은 일이 오는가 하면 좋지 않은 일도 온다. 새옹지마란 고사성어가 있지 않는가. 씨실과 날실이 짜여지면 한 벌의 옷이 성공적으로 탄생하는 것과 같이 웃는 날 우는 날이 교대로 우리에게 오는 것이다.

좋은 일만 있으면 사람은 교만하게 되고 하느님을 부정하게 된다. 인간은 하느님의 창조물이다. 악한 일은 멀리하고 선하고 보람된 일로 한번뿐인 인생을 하느님 뜻에 따라 살다 예수님이 부르시면 복종하고 따라 나설 수 있는 그러한 생활을 사랑한다.

성당 뜨락에 라일락이 피어 향기가 은은하게 퍼지더니 이번에는 울타리에 넝쿨이 뻗어 자란 장미가 빨갛게 꽃잎이 피어났다. 온 세상이 푸른 잎 가지가지 꽃들이 핀 5월에 제15대 대통령 노무현씨가 고향 김해시 봉하마을의 산 부엉이 바위에 떨어져 자살했다는 뉴스가 속보로 전해졌다. 너무나 충격적인 사건이었다. 온 나라가 슬픔에 빠졌다. 대통령을 소환, 검찰청에서 조사받고 이번에는 영부인을 소환하려는 날 새벽아침에 일어난 일이었다. 모든 조사는 중단하라는 대통령의 지시가 있었다.

장례는 7일장 5월 말경에 텔레비전을 보고 우는 사람들이 많았다. 젊은 세대들이 좋아하는 전직 대통령을 현대통령 이명박은 예우를 해주지 않았다. 검찰청에서 심한 스트레스를 받고 죽음을 선택할 만큼 고통을 받은 고 노무현 대통령의 명복을 빌었다.

대통령에서 물러나고 15개월만에 일어난 큰 사건이었다. 남편하고 같이 집에서 TV를 통해 장례치르는 장면을 시청했다.

"여보, 무엇이 문제죠?"

"비자금이지."

"얼마나 먹었는지, 죽음을 택해야 되는지 알 수 없어요."

"전두환, 노태우 전직 대통령은 약 200억, 김영삼 대통령 아들, 김대중 대통령 아들이 500억, 노무현 대통령 측 200억은 나라 경제에 미치는 영향은 미미하지. 이것은 소문인데 노무현 대통령이 그래서 바보라고 하지. 검찰청에서 너무 심하게 조사를 해서 그런 결과가 온 게 아닌가 하고 생각하지요."

5월은 슬펐다. 슬픈만큼 기쁨도 5월에 왔으면 좋겠다.

장례차량은 김해시를 출발하여 서울 시청앞에서 노제를 지내고 화장터를 거쳐 봉하마을에 있는 절에 모셔진다고 한다. 처음부터 끝까지 방송하여 국민 모두가 지켜보았다. 나는 남편과 늦은 점심을 먹고 물뿌리개로 거실 베란다에 놓여 있는 화분에 물을 주었다. 날씨는 더워지는데 국민들이 오열하는 울음소리는 모두 아쉬움과 이별이었다. 육십 넷 아직 젊은 나이인데 인생을 억지로 마감할 수밖에 없었던가 하고 노무현을 이해하려고 애를 썼다.

남편이 늦게 회사에 나가고 소영이가 학교에서 돌아와 간식을 먹고 학원으로 가는 것을 보고 생각에 잠기다가 글을 쓴다. 나뭇잎 이파리가 가지에서 바람을 타고 파르르 떤다. 향긋한 내음새가 멀리서 날아와 무거웠던 기분을 풀어준다. 죽은 사람은 죽고 살아있는 사람은 어떻게 하든지 살아야 한다. 5월이 슬픈 기억속으로 사라지려는 순간 뚝뚝 꽃잎이 떨어지는 소리가 가만히 귓가에 들려온다.

초여름의 시원한 바람이 남쪽 베란다 창문을 통해 거실 안으로 불어와 상쾌한 기분으로 일상이 매일 새롭게 다가온다. 이렇게 살아서 호흡 할 수 있어서 하느님 감사합니다.

아침에 눈을 뜨면 감사기도로 시작하고 일을 하다가 하루를 마무리할 때 기도로 끝맺음을 하면 보람이 있어 좋았다. 이렇게 사랑과 은혜로 채워주신 하느님을 영원히 잊지 않고 십계명에 따라 순종하며 살다가 육신은 죽어 땅속에서 한줌의 흙으로 변하지만 영혼은 다시 살아나 아픔과 고통이 없는 평화 그 자체만 존재하는 천국의 나라를 그리며 오늘도 선행을 하고 나누기를 생활화하여 좁은 문을 무사히 통과할 수 있는 새로운 인간으로 거듭나기를 원하옵니다.

상아의 계절에 사색을 많이 하는 시간 속에 우리나라의 통일은 언제 어떻게 오느냐 의문을 갖는다. 우리 세대가 죽기 전에 통일을 이루어 분단의 아픔을 이기고 작지만 부강한 나라를 만들어 자자손손 대대로 물려줄 수 있는 무한한 경제를 밑바탕으로 선진국 복지 사회를 건설해야 된다.

이명박 대통령은 6월 16일 워싱턴을 방문해서 제2차 한미 정상회담을 개최하고 내년 미국 중간선거 이후에 한미 FTA에 관해 구체적으로 논의하자 상의를 하였다.

주로 북한의 핵문제에 대해 포기를 하면 식량과 발전할 수 있는 원조를 해 주겠다, 믿을 수 없는 북한의 핵 억지력으로부터 보호해 주겠다, 군사동맹 전략적 동반자 관계로 서로서로 돕고 살자란 회담을 했다.

2000년 남북 정상회담 이후 6월 보훈의 달 행사는 북한을 자극하는 내용은 하지 않았는데 다시 십 년전 상태로 돌아가 보수주의와 진보주의의 팽팽한 대립으로 인해 우리나라는 동서가 갈라지고 남북으로 나뉘어졌다.

어느덧 뜨거운 태양볕 아래 더운 여름은 지칠 줄 모르게 타올

랐는데 휴가철이 지나고도 늦더위가 찾아와 심하게 열기가 물러가지 않았다.

그런데 8월 18일 약 오후 2시경에 김대중 전 대통령이 서거하셨다는 특별보도가 TV에서 흘러나왔다. 올해 내가 죽었다 깨어나고 두 번째 겪는 국상이었다.

노무현 전 대통령은 억지로 생을 마감하였고 김대중 전 대통령은 여러번 죽을 고비를 넘기고 호적으로 만 85세라는 나이로 돌아가셨다. 옛날에는 나이를 한두 살 더 먹어서 호적에 신고를 했다는데 우리나라 나이로 88세까지 사셨다. 박정희 대통령이 1979년에 총에 맞아 서거를 하셨는데 2009년 돌아가셨으니 약 30년 한 세대를 더 사신 것이다.

인간은 하느님의 창조물로 가장 존엄한 생명이다. 정자가 달리기를 시작해서 가장 먼저 난자를 만나 많은 사람 후보들 중 경쟁에서 모두 물리치고 1등을 한 사람이 탄생을 한다. 좋은 일을 많이 하면서 건강하게 오래오래 살다가 천국에 들어가는 것이 행복이다.

박정희 대통령은 현직에 18년 하다가 죽었고 김대중 대통령은 감옥에 오래 있다가 5년 임기를 마치고 오래 살다가 죽었다. 사람은 다 장점과 단점이 있다. 누가 더 행복한 삶을 살다가 갔는지는 역사가 판단할 것이다.

보수주의자들이 내세우는 것은 박정희 대통령이 보릿고개를 없앴다고 주장하는데 그 밑에 있는 사람들이 노력하고 땀흘려 수고를 하였기 때문에 그 공이 박정희 대통령한테 간 것이다.

세종대왕이 한글을 만들었다고 하는데 그 밑에 있었던 분들의 노력이 아름다운 한글을 만드는데 공헌하셨다.

조선시대와 지금 대한민국은 엄연히 시대가 다른데, 임금이 주인인 시대와 국민들이 주인인 시대가 다른데 언제까지 박정희 시대를 회고하는지 이해가 가지 않는다. 그것이 바로 독재이다.

내가 5박 6일 의식이 없이 죽었다 깨어난 뒤 김수환 추기경님, 노무현 전 대통령, 김대중 전 대통령의 서거가 각각 이유는 다르지만 어떠한 의미로든 연결이 되어 있다고 생각한다. 세 분 고인들의 명복을 빈다.

내가 존경하고 사랑한 세 분이 한꺼번에 돌아가셔서 경황이 없지만 내가 쓰는 소설을 통해서 독자들도 한번쯤은 생각하고 상상해 주었으면 한다.

가을이 올 무렵 더운 날씨에 김대중 전 대통령의 장례식은 노제를 치루지 않고 모든 국민들이 지켜보는 가운데 작별을 하였다. 이제는 김대중 대통령의 생전의 모습을 볼 수 없고 현재에는 존재하지 않는 옛날의 고인이 되셨다.

민주주의를 위해 투쟁하고 많은 일을 하신 분하면 김대중 대통령하고 떠올릴 만큼 나라의 큰 지도자 어르신이었다. 편히 잠드소서. 동작구 국립묘지에 안장하는 장면들을 TV에서 보도하였다.

맑은 공기가 베란다를 통해 들어와 편하게 호흡을 하고 또 무엇을 무슨 말을 써야할지 곰곰이 생각한다. 이제는 정말 홀로서기이다. 의지하거나 기대기를 하지 못한다. 가정에서 행복하고 편하게 글만 쓰고 있지만 피부로 느낀다. 언제인가 기회가 올 것이다 라고 확신하고 있다. 이제는 슬픔을 그만 접어두자. 밝은 내

일이 있으니….

가을빛이 선연한 들녘 어디에서부터인가 들어본 허수아비의 참새 쫓는 소리가 메아리가 되어 들려온다. 하늘을 나는 새를 보라. 먹을 것 걱정을 하지 않아도 하느님께서 돌보지 않느냐. 하물며 만물의 영장인 인간을 창조하신 하느님께서 너희들을 가만히 두지 않고 도와주실 것이다.

가을 하늘은 파랗고 너무 높기만 하다. 그 아래 비행기를 타고 오바마 미국 대통령이 방한하였다. 제3차 한미 FTA비준에 대한 것과 북한의 핵문제 등등 여러 문제를 상의하기 위해 한미 정상회담을 개최한다고 보도가 되었다.

그러한 뉴스는 사람들의 화제거리가 되었을 뿐 우리는 산으로 단풍구경가기 위해 등산 갈 준비를 하였다.

아침 일찍 일어나 김밥, 주먹밥, 과일 등을 싸고 온 가족을 승용차에 실고 안양 수리산 올라가는 입구에 주차하였다. 배낭을 메고 모자를 쓰고 등산복으로 갈아입고서 산으로 올라가기 시작했다. 산에 산에 산에는 산에 사는 메아리 언제나 찾아와서 외쳐 부르고 싶은 소리 음악에 맞추어 노래와 휘파람을 신나게 부르면서 올라갔다. 산에는 단풍이 여러 가지 색깔로 아름다운 조화를 이루고 있었다. 오랜만에 온 가족이 호흡을 맞추어 화목한 가정을 만들기 위해 하루종일 시간을 같이 보냈다.

"애들아, 정상까지 올라가자. 조금만 힘내, 우리 소영이도 오빠들 손 잡고 잘도 오르네."

숨을 크게 쉬고 맑은 공기가 온 몸으로 들어와 생활의 활력소 에너지로 변화하는 것 같아 기분이 좋았다. 사람들의 발이 닿는 곳까지 올라왔다.

"여기까지만 오르죠. 더 가면 위험해요. 여기 넓은 바위가 있어요. 여기에 빙 둘러 앉아요."

야~ 호~ 야~ 호~ 메아리 소리가 울려 다시 되돌아 왔다. 울긋불긋 단풍이 들어 아름다운 산이 눈을 즐겁게 만들어 우리 곁에 있었다. 여러 가지 나뭇잎이 떨어져 가랑잎 되어 산속에 쌓여갔다.

"얘들아, 사랑해. 야~ 호~."

"우리 큰 아들 준서, 둘째 지수, 셋째 윤수, 막내 소영아! 사랑해, 야~ 호~."

"우리들도 엄마 아빠 사랑해요. 야~ 호~."

산꼭대기에 서서 서로 사랑한다고 소리를 질러대며 한참을 노래하고 떠들면서 가족우애를 단합했다.

맛있는 점심 과일, 배가 고프기도 했지만 땀이 식은 후 산에서 마시는 따끈한 커피 맛은 잊을 수가 없었다.

몇 시간을 산에서 보낸 후 왔던 길을 되돌아 내려왔다. 저녁때가 되려면 두세 시간 더 있어야 하는데 오늘 하루를 마음껏 자유롭게 놀기로 한 터이라 가게에서 파전과 막걸리를 파는 집을 골라 들어갔다. 점심을 든든하게 먹어서 저녁 대신 파전과 막걸리를 마셨다. 그리고 노래방에 가서 그동안 쌓였던 스트레스를 음악과 함께 신나게 몸을 흔들고 템버린에 맞추어 풀었다.

잠시 단풍이 들었다. 한 잎 두 잎 떨어지는 낙엽이 지면 올해도 얼마남지 않았구나. 그 동안 무엇을 하면서 보냈는가. 돌아다본다. 하얀 눈이 내리기를 기다리고 흰눈이 쌓여 온 세상이 하얗게 변해 있는 모습을 상상해 본다. 네 명의 아이들의 엄마 아버지, 우리 가정 평화스러운 분위기 그 속에서 생활하는 일상 모든 것을 감사할 따름이다. 뜨락에 나무들이 자유를 찾아 겨울을 보낼 채비를 한다. 언제나 이맘때면 겨울옷을 입는 나무들, 거실에서 밖을 내려다 보며 따끈한 커피향기에 취해 겨울이 오는 길목을 찬 바람이 날려 보냈다.

14. 다시 찾은 마음속의 행복

그 후 금새 추운 겨울이 가고 새 봄이 왔다. 여기저기에서 흘러
나오는 봄기운이 엄마의 치맛자락처럼 따뜻하고 포근했다. 봄에
나오는 쑥과 냉이를 사다가 엄마가 담근 된장 고추장을 풀어 국
을 끓이는 봄 냄새가 집안 가득히 퍼져 흐른다. 새콤달콤 미나리
무침도 지쳐서 없던 입맛이 돌아오는 보약 같은 음식이다. 퇴근
하고 돌아온 세 부자, 대학4학년, 학원에서 온 막내 여섯 식구가
식탁에서 봄이 가득히 담긴 식사를 하고 있다. 출판사 일이 많아
져 아들 둘이 아빠 회사에 취직했다. 직원은 다섯이 되었다. 나는
집에서 글을 쓰고 출판사에 볼일이 있으면 가끔 나가기도 한다.
새싹들이 파릇파릇 돋아 나오고 개나리 벚꽃이 피는 계절이 되
었는데 TV에서는 천안함 큰 배가 함몰되었다는 긴급뉴스가 흘
러나왔다.
서해바다 깊은 곳에 북한 어뢰의 공격을 받아 배가 두동강이나
해병대 군인 47명이 죽어 돌아왔다. 시신도 찾지 못하는 가족도
있었다. 온 국민들이 슬픔에 빠져 있었다. 꽃다운 나이에 목숨을

국가에 바친 젊은 그들, 하늘나라에서 편히 쉬소서. 춥지도 덥지도 않은 고통이 없는 그곳에서 다시 살아나 이곳에서 못다한 삶을 다시 시작하소서. 고인들의 명복을 빕니다. 슬픈 4월이 꽃피는 봄날 속에 처절한 분단의 아픔으로 다가오는지 모르겠다. 그대는 아는가. 4월이 얼마나 좋은 달인지. 얼마나 눈물겹게 아름다운지…. 지순한 그리움 흥건하게 물빛으로 젖는 찬란한 슬픔의 계절인 것을….

보라매 산을 계단 따라 오르면 연분홍빛 벚꽃이 피어서 반겨준다. 눈꽃송이가 낙화하는 것처럼 꽃잎이 자유롭게 바람에 떨어진다. 산에는 벌써 새싹의 떡잎이 자라서 초록색이 짙은 담황색으로 옷을 입어 파랗게 변해 있었다. 그 아래 쏟아지는 따사로운 햇살 나뭇잎과 나뭇잎 사이로 부는 훈풍, 기분 좋은 하루가 빠르게 지나간다. 깔끔하게 단장한 연못가, 놓여진 벤치에 앉아 봄의 한가운데에서 오고가는 사람들의 미소를 바라본다. 공원을 한바퀴 빙 돌아 왔던 길을 다시 되돌아 집으로 갔다.

"엄마 학교에 다녀왔습니다. 어디 갔다 와요?"

"보라매공원에 봄바람이 좋아서 소풍갔다 왔지."

아홉 살, 생일이 2월이라 초등학교 3학년인 소영이가 엄마를 따라다니고 싶어 했다. 잠시 간식을 먹고 있다가 학원에 보내고 도우미 아주머니가 오지 않는 날이라 시장에 갔다가 저녁준비를 했다. 소불고기, 상추, 도라지나물, 시금치 콩나물국을 식탁에 올렸다. 퇴근하고 나란히 돌아온 식구들이 맛있는 저녁을 먹고 빙둘러 거실에 앉아 후식을 즐기면서 대화를 한다.

"쇠고기가 국산이에요. 수입 산이에요?"

"미국산 쇠고기에요. 2008년 6월 말부터 쇠고기를 개방한다고 광우병에 걸릴 위험 있다면서 촛불 집회를 했잖아요."

"세계적으로 광우병은 없어지는 상태라고 하잖아요. 죽은 동물 사료는 먹이지 않고 식물성 사료만 쓰기로 법으로 정해서 지키고 있다고."

"우리가 대학 다닐 때에는 데모를 못하게 최루탄을 사용했는데 지금은 촛불을 밝히고 조용히 시위를 하는 것을 보니 시민들이 문화적으로 많이 성숙했구나 하고 느꼈어요."

나는 남편이 하는 말을 듣고 있다가 '단지 광우병만으로 촛불을 밝혔다고 생각하지 않는다. 발표하지 않은 그 무엇인가 있다'고 의문이 들었다. 나는 그 당시 촛불 시위하는 현장을 가보았는데 데모가 아닌 젊은 사람들의 축제로 한마디로 문화를 즐기는 것으로 보였다.

설거지는 큰 아들과 둘째 아들이 한다며 엄마는 아빠하고 앉아 쉬라고 한다. 나는 소영이 숙제를 돕기로 했다. 남편은 리모컨으로 TV채널을 돌리고 재미있는 프로를 보고 있었다. 화목한 분위기 가정의 평화가 이런 것이라고 말하고 싶다. 각자 자기가 하고 싶은 것을 하고 밤이 무르익어 취침시간이 된다. 하느님의 축복으로 만들어진 우리집, 오늘 하루를 무사히 보내게 해 주심을 감사기도도 드립니다. 오 나의 주님.

새날이 밝아왔다. 일 년 열두 달 중 활동하기에 좋은 온도 싱그러운 꽃냄새 햇빛을 받아 더욱 짙은 풀냄새가 날아든다.

녹색 이파리 끝에 매달린 이슬방울 영롱한 오색무지개 빛이 반사되어 아름답다. 이슬을 따 먹고 사는 풀잎. 가시가 달려 자기를 지키면서 화려하게 핀 장미. 성당 마리아상 앞에 마련되어 있는 벤치 유리벽 네모 안에 촛불이 밝혀져 있다. 장미 넝쿨이 퍼져있는 한쪽의 쉼터에 오고가는 사람들이 앉아 대화를 하는 곳, 자주 나와 감상을 하곤 한다.

6월25일 지방자치 단체장 선거를 한다고 운동하러 나온 사람들도 있었다. 나는 길거리에 있는 자판기커피나 음료수 등을 뽑아 마실 수가 없다. 당뇨 때문이다. 내가 즐겨 마시는 것은 강남 성심병원 안에서 파는 커피 프림이 들어가지 않은 원두커피다. 아줌마들하고 어울려 밥을 많이 먹었는데 이제는 그런 것도 하지 않는다. 적당히 먹은 후 약먹고 운동하는 것이 건강을 유지하는데 좋은 일이라고 당뇨교육 시간에 배워서 알고 있다.

아줌마들은 아파보지 않아서 야속하다고 생각할지 모르지만 나의 건강은 내가 챙기고 내가 조심해야 하기 때문에 어쩔 수가 없다.

나는 시간을 운동하는데 많이 사용하고 있다. 집안에 있을 때보다 집 밖에서 아파트 공원이나 성당병원 둘레 길을 몇 바퀴씩 돌곤 한다.

가끔 밥을 같이 먹기를 원하는 사람이 있는데 나는 과감히 뿌리친다. 마음이 약하면 나는 나의 병과 싸워 이길 수가 없기 때문이다. 강해지려고 노력한다. 오래토록 글을 쓰면서 살고 싶기 때문이다. 세상은 그렇게 호락호락 쉬운 것이 아니다.

그렇지만 얼굴 맞대고 호흡하면서 위로해 주는 우리 가족이 있어서 퍽 다행이라고 생각한다. 우여곡절은 많았지만 단단한 끈으로 연결해주는 보이지 않는 끈끈한 정이 흐르는 우리 집을 사랑한다.

　나는 요즘 눈이 좋지가 않아 안경을 쓰고 다닌다. 백내장이라고 하는데 갑자기 눈이 아른아른 거리고 겹쳐 보인다. 작년 노무현 대통령이 죽었을 때 눈물을 많이 흘리고 밖에 나와 햇볕을 쪼이고 그늘 있는 곳으로 갔는데 그 순간 눈이 갑자기 부셨다. 그 뒤부터 눈이 불편해졌다. 안과에 갔더니 눈이 아픈 적이 있었냐고 물었다. 2년 전에 여행을 갔었는데 돌아와 그날 밤부터 눈병이 생겨 일주일간 치료한 적이 있었다고 말을 하니 눈이 그때에는 변화가 없었지만 이번에 나타난 병으로 수정체가 뿌옇게 흐려지는 백내장이라는 진단이 나왔다. 눈이 아파 본 적이 없었고 반짝반짝 눈빛이 밝은 매력적인 눈을 가졌었는데 수술을 해야 한다니 걱정이 되었다.

　수술을 늦추어 줄 수 있다는 빨간 색약과 눈물 약을 하루에 네 번씩 넣었다. 더 이상 불편함을 참을 수가 없어 수술하기로 했다. 백내장 때문에 근시가 되어 안경을 꼈었는데 일 년만의 일이었다. 수술만 잘하면 안경을 끼지 않아도 되고 아주 깨알 같은 글씨는 돋보기를 끼면 된다고 했다. 외출할 때 만나는 장소를 찾아 갈 수 없을 정도로 보이지 않으니 칼을 눈에 댄다는 수술에 겁이 많이 나고 무서웠다. 그렇지만 마음을 강하게 먹고 하기로 결정했다.

　눈 수술은 한쪽 눈을 강남성심병원 안과 배지현 레지던트 선생님이 해주시고 한쪽이 나으니 다른 한쪽도 마저 수술했다. 두 달에 걸쳐 밝은 눈이 되어 세상이 아름답게만 보였다. 이런 경험을 해보지 않은 사람이 많지만 한번 겪고 난 사람은 인생을 다시 새롭게 새출발하는 것처럼 너무 좋았다. 눈이 잘 보이니 계절이 바뀌어가는 과정도 아름답기가 그지 없다. 입원을 하지 않고도 수정체를 거둬내고 인공수정체를 넣는 옛날과는 달리 쉬운 수술이었다. 비용도 많이 들지 않을뿐더러 다촛점이 있는 비싼 안경보다 더 저렴한 경제적인 면이 많이 도움이 되고 부분 마취로 -칼을 대지만- 아프지 않은 비교적 좋은 수술이라고 말할 수 있다. 눈이 완전히 좋아진 후 맞이하는 마을을 감상하는 느낌은 남과 달랐다. 너무나 아름다운 계절이 나의 곁에 있었다.

우리나라에서는 11월 11~12일에 열리는 G정상회담 준비를 하고 있다. 몇 달 동안 TV에서 G정상회담이 열린다는 선전을 하면서 전국이 떠들썩거렸다. '도대체 G정상회담이 무엇이냐'하고 묻는 사람도 있었다. G는 7개 선진국 그룹이다. 작년 미국에서 경제가 파산하고 위태로울 때부터 재무장관회담이었는데 선진국과 신흥국이 합해서 세계경제의 중심이 되는 G20개국으로 늘려 G정상회담으로 승격을 시켰다. 의장국으로써 G정상회담을 서울에서 열기로 한 것은 우리나라가 세계경제대국으로 국력을 높이 세웠기 때문에 가능한 것이다.

그러나 우리는 아직 선진국이 아니다. 신흥국에서 선진국으로 가기 위한 원자재를 수입해 상품을 만들어 외국에 수출하여 그 이익금으로 사는 나라이다.

아직 분단이 되어 있고 지하자원이 없는 우리나라가 선진국으로 들어가기 위해서는 어떻게 해야 하는가?

지금은 거의 대학교를 가는 시대에 살고 있다. 우수한 고급 인적자원으로 선진대국으로 들어가야 한다.

G정상회담에서 세계경제에 대한 일반국민으로서 할 수 없는 그 무엇을 했는지 언론을 통해 보았다. 그런데 우리가 무엇을 어떻게 해야 하는지 개인과의 긴밀한 상황은 나타나 있지가 않았다. 모두가 국가 대통령과 최고 경영자 그야말로 세계를 움직이게 하는 별들이 모였다 간 것으로 보였다.

손님맞이할 준비를 많이 하고 성공적으로 마무리가 잘되었다고 하는데 우리나라 경제가 얼마나 좋아지는지 정말 선진국으로 갈 수 있는 발돋음을 하고 디딤돌 역할을 했는지 이명박 대통령에게 묻고 싶은 말이다.

우리나라에서는 큰 잔치도 치르고 경사가 났는데 북한이 또 우리에게 큰 공격을 서슴치 않고 총을 쏘아댔다. 서해바다 연평도 사건이다. 연평도가 쑥대밭이 되어버린 11월 하순 꽃게잡이 선원들은 배를 띄을 수도 없어 육지로 피신을 가야만 했다.

우리나라는 북한에 쌀, 비료, 감자, 옥수수 등 원조를 해주었는데 그것이 북한 주민들에게 돌아간 것이 아니라 팔아서 핵무기 만드는데 사용했다. 원조를 끊고 강경정책을 쓰는 이명박 정부와의 갈등에서 온 천안함과 연평도 사건으로 인명피해 재산피해가 발생했다.

남과 북의 평화는 어떻게 풀어야 하나? 모두가 생각해 볼 문제이다. '도와주자, 필요 없다, 도와주지 말자.' 북한을 개방해서 개발하자면 너무나 후진국이라 들어가는 경제적 비용이 너무 많이 들어간다. 그것을 어떻게 해야 하는가? 먹고 사는 기본적인 문제도 해결 못하는데 어디서부터 손을 대야 하는가? 골치 아픈 생각이다. 그것은 정치권에서 대화로 풀어야 할 숙제이고 나의 몫은 글을 쓰고 글로써 선구자 역할을 하는 것이라고 생각한다. 나의 건강도 좋지 않기 때문에 두 가지를 겸해서 할 수 없기 때문이다.

세상은 어수선하고 시끄러운데 밖은 낙엽 떨어지고 바스락 부서지는 소리가 들리는 가을이 우리 곁에 있었다. 성에 낀 유리창에 어려서 낙서하던 생각이 나 검지손가락으로 입김같이 서려있는 곳에 내 이름을 써본다.

할머니 아버지 고향은 평양시, 실향민 2세로서 내가 해야 할 일은 무엇일까. FTA 자동차 분야를 미국 중간선거 11월초가 지난 후 G정상회담에 맞추어 타결을 보려 했었는데 쇠고기 문제를 들고 나와 하지를 못했다. 그런데 안보가 위험한 상태에 놓여 많은 것을 주고 한미 FTA 자동차 합의에 도달하였다.

한미 FTA 재협상 체결을 하기위해 쇠고기 개방, 자동차 개방을 했는데 지금 한국은 미국을 위해 무엇을 얼만큼 더 양보해야 하는가? 선진국으로 올라가기 위해 수출할 수 있는 상품 품목을 발표하지 않았는데 한미 FTA 비준 국회에서 통과를 해야 발표를 하려는지 의문이 간다.

겨울은 국회가 시끄러운 것을 아랑곳하지 않고 예년처럼 찾아왔다. 지구 온난화 현상 때문에 나타나는 이상기후, 여름은 길어지고 더워졌으며 겨울도 길어지고 추워졌다. 봄가을이 짧아진 현실, 높은 물가고로 서민들은 더욱 살기가 어려워졌다. 이러한 시대에 살고 있는 우리 국민들은 어찌해야 하는가?

한미 FTA가 자주 나오는데 여기에 언급해 보고 정리하려고 한다. FTA(자유무역협상)이란 국제간의 무역 장벽을 철폐하고 자기나라 국익을 위해 무역을 자유롭게 할 수 있다. 한국과 미국이 처음으로 2006년 4월에 외교통상부 교섭 본부장 주도아래 8차례 회의를 걸쳐 2007년 4월에 한미 FTA 자유무역협상 타결을 보며 국회에 통과되었다. 그런데 두 달 후 2007년 6월에 한미 FTA 재협상을 하자, 이익이 불균형이다, 조정하자며 합의를 하자고 나왔다.

노무현 대통령이 쇠고기를 개방하려고 했으나 농수산부 장관의 반대로 하지 못하고 2차 남북정상회담을 추진하였다. 국민들은 경제난 때문에 살기가 어려워 '경제를 살린다'라 말한 이명박 대통령에게 표를 많이 주어 당선이 되었다.

2008년 2월 25일 대통령에 취임을 하고 4월 국회의원 총선을 한 후 미국을 방문하여 '어떻게 해서 쇠고기를 개방하기로 했다' 발표하지도 않고 자기 방식대로 밀고나가서 '촛불집회' 데모를 몇 달간 했었다. 쇠고기를 30개월까지 수입하기로 한 것이다. 쉽게 말해서 무엇을 팔려고 쇠고기 개방 자동차 개방을 했는가? 발표하지를 않아 지켜보고 언론방송에 촉각을 세우고 나오기만을 기다리고 있다.

한미 FTA가 모델이 되어 유럽선진국, 신흥국들이 개방을 하게 될 것이다. 개방을 하지 않으면 경쟁에서 다른 나라에 뒤쳐지게 된다. 나는 당뇨병을 치료하기 전 갑상선인줄 알고 검사를 받았는데 갑상선 한쪽에서 혹이 발견되었다. 다행히 다른 데에서는 발견이 되지 않았다. 호르몬이 많이 분비되거나 너무 적게 분비되어지면 생기게 된다고 한다. 나의 경우는 불면증으로 인해 인슐린이나 호르몬이 몸속에서 적게 분비되는 경우이다. 오랜 시간이 지난 후 암으로 변할 가능성이 많다고 하여 조직검사 후 일찍 수술을 하기로 결정하였다. 여름에 백내장 수술, 겨울에 갑상선 수술 두 번 하였다. 힘이 들었지만 정신력으로 이겨낼 수 있었는데 가족이 있어서 든든했었다.

홍은경 이동진 선생님 유명하신 두 분이 도와주셔서 감사하다는 인사를 전하고 싶다. 밖은 유난히 춥지만 마음만은 정말 따뜻했다.

음력설 연휴가 봄이 온다고 알리는 입춘까지나 주말까지 이어진다고 한다. 수술을 무사히 끝내고 더 이상 아프지 않게 해주시리라 기도하면서 우리보다 못한 이웃들에게 베풀면서 살겠다고 다짐도 해본다.

"여보, 병원이 옆에 있어서 좋은 점이 많아요. 오래 입원하지 않아도 되고 차를 타지 않고 자유롭게 왔다 갔다 할 수도 있고."

"그래요. 우리 아이들도 엄마 병이 많이 좋아졌는지 알 수 있어 좋고." 하자, 아이들도 "그래요. 그래." 모두 맞장구쳤다.

세찬 바람이 소리를 내며 불어댄다. 따뜻한 거실에서 밖을 바라보는 마음은 아프기 전과 아픈 후가 모두 다르다.

더 가족을 사랑하고 생각하는 마음이 애틋해지고 더 농도가 짙어진다.

나는 몸이 아파 원두커피도 더 이상 마실 수가 없다. 카페인 때문이다. 카페인을 섭취하면 몸에서 칼슘이 빠져 나간다고한다. 하지만 커피를 음미하고 싶어 선생님께 말을 하자 의사선생님은 오전에 한잔 정도는 괜찮다고 하셔서 오전에만 한잔 마시겠다고 약속을 했다.

글을 쓰는 사람들은 술이나 담배를 좋아한다고 하지만 나는 술을 마시지 못한다. 또한 담배도 기침이 나와 피우지 못한다. 좋아하는 것은 커피 한 잔. 아픈 뒤부터는 고기나 과일도 마음대로 먹을 수가 없다.

좋아하는 글을 한줄한줄 써서 한권의 노트를 완성하면 거기에서 오는 만족감이 생긴다. 이렇게 행복한 삶을 살 수 있게 허락하신 하느님, 감사합니다.

눈이 많이 내리는 겨울, 어느 해보다 경제가 어려워 아파도 병원비 걱정때문에 선뜻 병원을 찾지 못하고 걱정하는 사람들이 많다. 보험에 들어 준비하는 사람도 많지만 그러지 못한 사람들은 큰 병에 걸려도 치료 받지 못하기 때문에 운동을 많이하여 예방에 힘쓰는 수밖에 없다. 그런데 선진국이란 어떤 나라인가? 한 번 더 생각해 본다. 한마디로 사회복지 정책이 잘 된 나라이다.

유치원에서 초등학교, 중 고등학교까지 의무교육이고 교과서서비 급식비가 무료이며, 아동이나 노인복지 그리고 실업자에게 생활비나 수당이 지급이 되는 나라. 이러한 나라가 선진국이다. 정말 경제적인 발전 위에 민주주의 꽃을 피운 것이다.

아직 계절은 추운 겨울인데 따뜻한 봄날이 오기만을 기다리고 있다. 가지가지 꽃이 만발하는 추운 겨울에도 봄날처럼 따뜻함을 느낄 수 있는 그러한 시대가 오도록 우리 국민들은 지도자들을 잘 뽑아야 한다. 슬픔을 서로 나누면 절반으로 줄고 기쁨을 서로 나누면 몇백 배로 커진다는 말을 우리는 잘 알고 있다.

우리는 언제인가 이른 아침에 잠에서 깨어나면 철조망이 부서지고 남과 북이 자유롭게 오고 갈 수 있는 시대가 오기를 바란다. 그러한 시대를 현실로 이루기 위해 우리 국민 모두가 하고 있는 일 즉, 자기가 맡은 일에 충실히 해야 한다고 생각한다.

　어떤 사람은 '노벨문학상'에 추천해줄 터이니 정치를 해라 하는 사람도 있다. 나는 흔들리지 않는다. 민주주의 꽃을 피우고 그 위에 통일을 하기 위해 무안한 경제의 밑바탕이 되는 글 쓰기를 계속해야겠다고 생각한다.

15. 남북

과거

우리나라는 과거 개방을 해야 할 때를 놓치고 쇄국정책을 써서 나라를 일제에게 빼앗긴 아픈 역사가 있었다.

고종 황제 민비와 대원군의 갈등, 조선말기 일국의 왕비가 일본사람들에 의해 살해당하였고, 이권이 강대국들에게 다 넘어갔었다. 백성들이 도탄에 빠져 먹고 살기가 매우 힘든 때 고통을 당하였다. 1919년 3월 1일 삼일 독립만세 운동이 일어났고 2차 대전 때 일본이 전쟁에 패배를 해 1945년 8월 15일 우리나라는 해방을 맞이했다. 그리고 남과 북 민주주의와 공산주의로 나누어졌다. 우익과 좌익으로 갈라지더니 1950년 6월 25일 북한은 소련제 탱크를 몰고 남한을 쳐들어오는 한국전쟁을 일으켰다.

인명피해와 재산피해가 많은 폐허가 되어버린 한국은 경제개발 5개년 계획 1차, 2차, 3차를 걸쳐 눈부신 발전을 거듭하였다.

아프리카처럼 너무 못살아 원조에 의해 겨우 입에 풀칠만 했던 시대가 있었다. 잘살아 보기 위해서 건설현장 산업 생산현장 직업전선에서 열심히 부지런하게 일만하고 경제성장을 이루었다.

'한강의 기적'이라고 불릴 만큼 무에서 유를 창조해낸 우리 부모세대에서 베이비붐이었던 우리세대, 너무 고생을 많이 했다. 기적이 아니라 우리의 힘으로 가시밭길 위에 우뚝 웅장하게 일으켜 세웠다. 우리답게 눈이 부시고 아름다웠다.

내가 어렸을 때 초등학교 시절 '보릿고개'라고 쌀이 귀하고 보리가 흔한 시절이 있었다. 농촌진흥원, 농산물 원종장에서 다수확품종 개발을 해서 '가난은 나라님도 구하지 못 한다'는 말이 있었는데 밥 먹고 잘 살 수 있는 시대로 바꾸어 놓았다. 옛날에 없었던 공산품등 가전제품도 나와 편리하게 생활할 수 있는 풍요시대가 되었다.

논, 밭두렁에 나물을 캐어 먹거리가 되었던 시골밥상이 건강을 지키는데 제일이었던 추억이 있었다.

의식주가 일상생활에서 불편했던 지난날도 있었다. 이러한 것들을 여기에서 짚고 넘어간 것은 옛것을 연구하여 새로운 지식이나 도리를 찾아 낼 수 있기 때문이다.

우리 남한은 이렇게 노력하여 큰 경제발전을 이루어 선진대열에 들어 갈 수 있는 문턱에 와 있다. 그런데 선진국은 모든 국민이 같이 가야 하는 어느 누구도 뒤처지지 않고 함께 들어가는 긴 행로이다. 남과 북은 한 형제 한 핏줄 공동운명체라는 것을 잊지 않았으면 한다.

현재

자유가 절반만 주어진 독재주의에서 산업화가 되어 먹고 살만큼 생활이 나아지자 이젠 일만하지 말고 즐기면서 살자라고 진정한 자유를 그리워하게 되었다. 그에 따라서 온 것이 민주주의를 위해 투쟁까지 이르게 된다.

참된 자유를 위한 민주주의 시작은 1980년 5월 18일 민주주의 항쟁이었다. 박정희가 사망하자 신군부는 북한이 있기에 '이때다.' 하고 다시 군인들이 정권을 잡게 되는 것이 5.18광주사태다.

5.18광주사태는 박정희의 5.16쿠데타를 보고 본 뜬 것으로 약 30여 년 동안 독재정권을 잡았고 문민정부가 들어서면서 광주사태의 진상규명이 이루어졌다.

그 뒤 김대중 대통령이 당선이 되었다. 독재는 없어졌고 보수주의와 진보주의로 갈라졌다. 팽팽한 대립으로 전쟁을 겪은 부모세대와 전쟁 이후의 자식세대간의 선의의 경쟁으로 우리나라는 경제대국이 되었다.

2000년 6월 처음으로 남북정상회담을 시작했다. 경제적으로 많은 도움을 주면서 햇볕정책으로 대화의 장, 통일로 가는 첫걸음, 물꼬를 터트리는 역사적인 일을 하셨다.

우리나라는 큰 경제 성장을 하면서 원조를 받았던 나라에서 원조를 주는 나라로 변화를 하였다. 북한도 많이 퍼주고 미국은 더만이 퍼주었다.

포용정책을 했다가 북한을 강경정책으로 원조를 해주지 않는다. 개성공단 금강산 사업 등 달러, 쌀, 비료, 옥수수, 감자를 지원해주면 그것이 북한 주민들에게 돌아가지 않고 팔아서 무기사는데 쓴다. 이명박 정부가 들어서면서 어린이에게 대한 것만 빼놓고 모두 지원해 주는 것을 끊었다. 개성공단만 남겨놓고 금강산 여행도 중단한 상태이다. 그래서 천안함 사건, 연평도 사건을 도발한 것이라고 추측한다.

지금은 여자도 정치하는 시대라고 말한다. 그렇게도 잔인했었고 현재도 잔인한 북한을 상대하려면 가정을 갖고 자녀를 둔 강한 엄마도 아니고 온실에서 화초처럼 아무런 어려움도 겪어보지 못한 독신녀가 과연 북한을 상대하고 미국은 자국의 이익을 우선으로 한 나라인데 총탄 없는 경제 전쟁에서 살아남을 수 있을는지 의문이 가고 알 수가 없다.

남북이 나누어져 있는 우리나라에서 여성이 정치하려면 통일 이후가 되지 않을까 생각해보면서 글 쓰기를 한다.

한미FTA 비준이 얼마남지 않은 이 시점에서 우리가 가야 하는 선진대국에 온 국민들이 혜택을 볼 수 있고 즐기면서 살 수 있는 삶의 질이 높은 나라를 건설하는 데에 의미를 두고 있다.

무사히 선진대국으로 올라가고 세계나라로부터 박수를 받으면서 북한을 원조할 수 있는 방법이 있는지 정치권에서 연구를 하고 실천해 주었으면 하는 마음이다.

봄의 한 가운데 서서 우리경제도 화사하고 아름답게 밝아져서 서민들도 허리펴고 '세상 살 맛 난다.' '살아볼 만하다' 그러한 날이 올 수 있도록 열심히 최선의 노력하면서 살아가야겠다.

미래

경제적인 발전 위에 민주주의 꽃이 만발하게 핀 선진대국에 입문하여 남북통일을 해야 한다. 선진국이란 어떤 나라이며 어떻게 들어가야 하나?

국민들 모두 생각해 보기 바란다.

선진국은 의식주가 완전히 해결이 되고 하고 싶은 일도 마음대로 할 수 있으며 여행도 즐기면서 자유롭게 할 수 있는 삶의 질이 높은 나라이다.

통일은 왜 해야 하나?

누구나 한 번쯤은 생각해 볼 문제이다.

알지 못하는 사람은 통일비용이 많이 들기 때문에 우리 남한이 세금을 많이 내야 하니까 통일은 하지 않았으면 좋겠다, 하는 사람이 있다. 그런데 분단비용은 생각해 보았는가? 우리나라가 육십 여 년 동안 분단해 있으면서 언제 일어날지 모르는 전쟁에 대비해서 군사에 필요한 무기며 첨단장비에 들어가는 것이 약 일 년 예산의 20~25%였으며 몇 십 조에 이른다. 일부를 통일비용으로 일시적으로 들어가고 통일이 되면 군사비용을 3분의 1로 줄여 그 돈을 교육에 투자하면 사교육비도 들지 않을뿐더러 유치원에서 고등학교까지 무료로 다닐 수 있고 급식비나 교과서 대를 무료로 하고도 남는 돈이다.

아동 노인복지정책도 잘되어 있어야 하고 실업자에게도 생활비 수당이 지급되는 우리나라가 선진복지국가로 가는 지름길은 통일을 이루는 것이다. 이것는 남과 북 우리 민족의 가야 하는 긴 행로이다. 그런데 통일을 하기 전 우리 남한이 먼저 선진국으로 올라갈 수 있는 방법이 있다. 우리나라는 석유도 나오지 않을 뿐더러 지하자원이 전혀 없는 나라이다. 원자재를 수입해서 좋은 상품을 만들어 수출로 살아간다. 부가가치적 효과가 큰 제품을 개발해서 자유무역협정 FTA를 통해 무역장벽을 없애고 자유롭게 수출을 해 막대한 이익금으로 선진국 복지사회를 건설할 수 있다.

북한에 개성공단과 같은 공장을 많이 건설해 저렴한 임대료 싼 노동력 남한의 높은 고도의 기술력이 한데 어울려 시베리아 철도를 개설하고 좋은 상품을 싼 교통비로 운송해 수출을 해 남은 이익금을 잘 분배를 해야 한다.

통일은 어떻게 해야 하나?

남북이 분단이 된 지 66년이 지났다. 그 동안 이념이 다르고 사회문화 모든 분야가 김일성 김정일 우상화를 시켜 왕국을 만들었다. 폐쇄된 북한을 개방시켜 발전하게 하려면 일단 북한을 인정하도록 하자. 국제사회에서 고립된 북한을 미국연방주처럼 대한민국 안에 북한을 주로 보아 그곳에 위원장을 대표자로 인정하고 남한에서는 대통령 북한에서는 위원장을 투표하여 뽑도록 하면 어떻겠는가? 그리고 외교, 국방은 하나로 하고 남북이 자치적으로 자기에게 맞는 정책을 펼치면 통일은 할 수 있다.

이것은 정치권에서 솔선수범을 보여 우리의 과제를 수행하여야 한다. 나는 국민의 한 사람으로 '세계 속의 대한민국'이라는 긍지를 가지고 나라발전에 기여하도록 힘쓰겠다고 생각한다.

평화통일을 하려면 무안한 경제가 필요하므로 그 뒷받침하는 경제가 되기 위해 글쓰기에 대 성공하고 싶다.

이러한 모든 것이 통일을 기원하는 것들이라고 국민들 독자들 앞에서 주장하는 바이다. 선구자 역할을 다하여 2030년 1월 1일 아침에 일어나면 남북이 오고 갈 수 있는 철조망이 부서져 있을 것이라고 믿는다.

통일과 더불어 노벨문학상을 가슴에 안을 수 있다면 나라를 위해 평화통일을 위해 큰 일을 한사람으로서 세계에서 인정받아 길이 빛날 것이다.

민주주의 평화통일은 우리 남북의 최대의 과제이고 길이 후손에 물려줄 영광된 조국이다.

이 글을 마무리하면서 봄에 피는 꽃들의 화사하게 웃는 모습이 나를 반기는 것 같았다. 홀가분하게 홀홀 털어버리고 다음을 위해 여행을 떠날 계획이다. 내 마음속에는 봄날이 아름답게 찾아왔다.

후기

호소문

지구촌의 70억 친구가 하나되어

존경하는 세계 지구촌의 신사숙녀 여러분!

피파 월드컵 축구대회가 열리는 기간입니다. 우리나라 대한민국에서 거리 응원단 붉은 티셔츠를 입고 큰 함성으로 응원하면서 열린 세계축구 대회가 어제 같았는데 벌써 4년이 흘렀습니다.

지구촌의 70억 친구들이 다시 만나게 되어 매우 반갑습니다. 이렇게 기쁨으로 만나 축구공 하나로 울고 웃고 축제분위기 숙에 세계의 나라들이 한데 어울려 하나로 일치할 수 있다는 의미에서 볼 때 종교, 인종을 초월해 평화를 지향하는 온 세계 지구촌에 속하는 나라들의 노력이라고 볼 수 있습니다.

그렇지만 우리 대한민국은 웃고 있지만 마음속으로는 울고 있습니다. 왜냐하면 오천 년 역사를 간직하고 있는 대한민국 단일

민족국가가 남북으로 나뉘어져 있기 때문입니다.

세계는 하나인데 왜 우리 대한민국은 남과 북 둘로 존재해야 합니까?

민주주의 공산주의 이념이 다르기 때문이라고 말하는데 우리는 그 이념을 초월해 하나입니다.

존경하는 세계 지구촌의 신사숙녀 여러분. 세계는 하나인데 왜 대한민국은 남과 북 둘이어야 합니까?

우리나라 역사는 피를 흘리는 무력이 되풀이 되었습니다. 과거 동학혁명 일제치하에서 3.1운동 남과 북이 갈라진 한국전쟁 6.25, 1960년 4.19 학생의거, 민주주의 시작을 알렸던 1980년 5.18 이러한 큰 희생이 우리 국민 가슴 속에 깊은 상처로 남아 있습니다.

우리는 왜 피를 흘러 싸워야 합니까?

1950년의 6.25는 우리나라가 싸우고 싶어 싸운 것이 아닙니다. 강대국 이권다툼 때문에 남과 북이 갈라졌습니다. 세계에서 유일하게 남과 북 둘로 갈라진 대한민국. 이제는 남의 나라 힘이 아닌 우리나라가 스스로 힘을 길러 통일하기를 원합니다.

지난 1980년 5월 18일은 민주주의를 갈망하고 있는 국민들의 염원에도 불구하고 북한 공산주의가 있기에 '이때다' 하고 기회를 노려 독재정권을 연장시켜 절반만 자유가 존재하는 그러한 군인들의 정치시대가 계속 지속이 되었습니다.

1995년 문민정부가 국민들의 기대를 저버리지 않고 피를 흘렸던 광주사태 진상규명이 이루어져 1997년 김대중 씨가 대통령에 당선이 되었습니다. 드디어 2000년 6월 남북 정상회담이 개최되고 노벨평화상의 영광을 안으셨습니다.

　존경하는 세계 지구촌의 신사숙녀 여러분

　우리나라는 통일을 원합니다. 무엇 때문에 둘로 갈라져 아웅다웅 싸워야 합니까?

　우리나라는 하나이고 싶습니다. 유구한 전통을 간직해온 대한민국은 외세의 침입을 많이 받아 그로 인해 우리는 강한 힘을 길렀습니다. 나라의 백년을 내다보려면 교육을 해야 된다고 하지 않았습니까? 저는 우리 할아버지의 독립운동이야기, 아버지가 겪은 전쟁이야기, 이러한 것을 해결 할 수 있는 즉 총과 칼보다 더 강한 문학의 힘을 길러 왔습니다.

　민주주의 시작과 통일을 하기 위한 밑바탕이 되기 위해 그 과정을 글로 써온 나의 창작 작품을 피를 흘리지 않는 완전한 평화통일을 하기 위해 무한한 경제가 필요합니다.

　우리의 이러한 노력이 헛되지 않고 꿈이 이루어지기 위해선 지구촌의 70억 친구들이 읽어보시고 우레와 같은 박수를 보내 주시고 사 주셨으면 합니다.

　이제 우리는 외롭지 않습니다. 세계 지구촌의 70억 친구가 있기 때문입니다. 여러분의 성원을 입어 완전한 평화통일이 될 때까지 저는 작품을 계속 써 나갈 것입니다.

　2000년에 남북정상회담을 시작하고 사회문화경제 단계적인 발전을 이룩해 2030년 저 높은 남과 북의 철조망이 무너진다면 얼마나 좋을까 하는 생각으로 저는 맡은바 일에 충실하여 세계평화를 위해 남과 북 통일을 위해 일한 사람으로 깊이 기억이 되어 2030년 통일의 완성과 더불어 노벨문학상을 가슴에 안을 수 있다면 나의 영광이요, 국가를 길이 빛낸 사람으로 남아 있을 것입니다.

이러한 모든 것을 노력하고 하늘의 명을 기다린다는 겸손한 자세로 문인의 길을 가려는 제가 세계 지구촌의 신사숙녀 여러분에게 호소하는 바입니다.

여러분 감사합니다.

독일 월드컵을 보고나서 서울 코리아. 「만남의 기쁨」 중에서

남남북녀 김영임 소설집

초판인쇄 2017년 02월 24일 **초판발행** 2017년 03월 01일

지은이 **김영임**
펴낸이 **이혜숙** 펴낸곳 **신세림출판사**
등록일 **1991년 12월 24일 제2-1298호**

04559 서울특별시 중구 창경궁로 6, 702호(충무로5가, 부성빌딩)
전화 **02-2264-1972** 팩스 **02-2264-1973**
E-mail : shinselim72@hanmail.net

정가 **15,000원**

ISBN **978-89-5800-179-9, 03810**